ちったい俺の
巻き込まれ
異世界生活
4

主な登場人物
アールスハイン・リュグナトフ
イケメンの第３王子。ヤンキー顔で一見怖いが、優しく面倒見のいい少年で、ケータの後見人のような立場になる。
シェル・クライム
アールスハインの従者で、ケータの面倒もよく見てくれる切れ者の執事。赤ちゃん言葉のケータの言うことをよく理解してくれる、頼りになる存在。
ケータ（五木恵太《いつきけいた》）
聖女と共に転生した、チート能力を持つちみっこ。中身は日本で事故に巻き込まれて死んだおっさん。本人にそのつもりはないが、その言動で周囲をほっこりさせる。

スサナ・アマテ
アマテ国王太子で、ケータに醤油の存在を教えてくれた人。
ティタクティス・スパーク
スパーク辺境伯家の五男で、恵太の親友である三《み》栗《くり》谷《や》助《たすく》の生まれ変わり。
ディーグリー・ラバー
ラバー商会の次男。パッと見軽薄そうなイケメンだが、人懐っこくて愛想がいい。
ユーグラム・アッセンブル
教皇の長男。常に無表情だが、感情は分かりやすい。可愛いもの好きで、ケータのことも気に入っている。

Contents

ちったい俺の巻き込まれ異世界生活 4

ぬー

イラスト
こよいみつき

これまでのあらすじ

巻き込まれ事故で死亡してしまった五木恵太《いつきけいた》は、幼児ケータとなって異世界に転生。聖女召喚《しょうかん》の最中に聖女リナと一緒に降臨《こうりん》したケータは、城で保護されることとなる。

そのフクフクの外見からは想像できない驚きの能力で、第3王子アールスハインにかけられた呪いを解いたり、神の交代劇に一役買ったり、食の常識を覆《くつがえ》したりと、ケータは大活躍。その正体が実は、聖獣であることも判明する。

ケータはアールスハインと共に、学園に入学することに。ユーグラム、ディーグリーという新たな仲間も加わって、魔法剣の発明をしたり、絶品のおやつを披露したりと、ここでも周囲を巻き込んでの大活躍。実践演習でもその規格外の実力を見せつけ、妖獣の黒猫ソラとスライムのハクも仲間になって賑《にぎ》やかな日々を送る。そんな中、街に凶悪な魔物が大発生し初めての本格的な戦闘に参加することに。学園の生徒たちと共に、見事魔物を撃退。さらにはリナが禁《きん》忌《き》である魅了の魔法の使い手である証拠を掴《つか》み、学園から追放することに成功する。

しかし、学園で開催された剣術大会で、何者かによる呪いの魔法を使った攻撃に遭遇。その問題を気にしつつも、冬休みに合わせ王城に帰ったケータとアールスハインを待っていたのは、賑やかで豪華なパーティーの日々だった……。

1章　年始のパーティーとその裏でのいろいろ

年明け2日から行われるパーティーは、3日間続く。

最初のパーティーは、デビュタントを迎える子供たちが主役のパーティー。

2日目は高位貴族中心のパーティー。

3日目は選ばれた低位貴族と大商会主中心のパーティー。

デビュタントで緊張と疲れが残る子供たちを同伴する親は少なく、2日目からは酒の量と種類も増える。

何が言いたいかと言うと、年末年始に身を慎んで、デビュタントの子供たちの見本たるべく己を律していた枷《かせ》が外れた大人たちは、始末が悪かった。

特に3日目のパーティーは、貴族とはいえ所詮《しょせん》低位貴族。

城に登城できるのは、年に1回のこのパーティーだけ、という人がかなり多い。

王都から遠い地方に住んでる低位貴族だと、距離と予算の関係で、貴族になって何年も経ってから初めてパーティーに参加したって貴族もいる。

見栄《みえ》を張って無駄に着飾った姿はまるでピエロのよう。普段の生活の中では気にしたこともない、肌の黒さと荒れ具合を隠すために厚みを増す化粧。

王城にいる緊張と興奮に、いつの間にか酒の量が大変なことに。

結果、泥酔した挙げ句のやらかしが半端《はんぱ》ない。

こっそり参加してた高位貴族のズラを投げ捨てる者がいて、お忍びで参加して気に入った若い貴族を摘《つ》まみ食いしようとした高位貴族のご婦人が、部屋に引き込んだ若者に裸のまま逃げ出され、敵対関係にある低位貴族同士が意気投合して、声高に己の上司にあたる高位貴族の悪口を愚痴《ぐち》り、ご婦人方の陰口がもはや陰に隠れていない。

そんな様子を、パーティーに参加を許された大商会の商人たちは、抜け目なく情報収集している。

主催のために強制参加のアールスハインに、酔っぱらって絡む令嬢の多いこと多いこと。

たまに俺を捕獲しようとする者が、バリアに弾かれて無様《ぶざま》に転《こ》けて、怒り出すことも数回。

そんなカオスなパーティーもやっと今日で終了。

◆◇◆◇◆

おはようございます。

怒涛《どとう》の3日間を終えてグッタリ気味の俺です。

パーティーに参加した貴族たちは、2日間の休みを挟《はさ》んで、今度は自分の家で主催したりお呼ばれしたりのパーティーがあるそうです。

なぜ2日間休むかというと、お城のパーティーでのやらかしを、挽回しようと手紙を送ったり贈り物を手配したり、誰が何をしたかを情報収集してから、パーティーの最終準備をするからだそうです。

お城にも結構な量の詫《わ》び状と贈り物が届けられているそうです。

俺を捕獲しようとして、失敗した貴族からの贈り物も来てました。

菓子ばっかりで、1個も食えなかったけどな！

メイドさんたちに分けたら、すごい喜ばれた。

アールスハインのところには、令嬢からの刺繍《ししゅう》入りハンカチとか手紙とか、謝る気よりもお近づきに！　って下心の方が強目。

お疲れのアールスハインと助《たすく》は、今日から再開される騎士団の訓練に参加しに行った。

ストレス発散ですな！

俺はシェルを伴って、料理長のところへ相談に。

「りょーりちょー、しょーだんありまつ！（料理長、相談があります！）」

「おう、ケータ様。今度はなんだ？　また新しい料理か？」

ニコニコ寄ってくるゴリゴリマッチョ。

本物の幼児ならギャン泣きしそう、と感想を抱きながら、

「あたりゃちーちょーみりょーもりゃったかりゃー、あじみちてー（新しい調味料もらったから、味見して）」

「ほう、新しい調味料か。ケータ様はそれをどうやって使うか知ってんのか？」

「ちってりゅー、じゅっとしゃがちてたやちゅ！（知ってる、ずっと探してたやつ！）」

「ケータ様がずっと探してたやつとは、そりゃ期待できそうだ！」

そう言って調理場に招かれて、

「まず何すりゃいい？」

って聞かれたので、ずっと食いたかったものをリクエスト。

「しゃかなやいてー、あとだーこんおりょちー！（魚焼いて、あと大根おろし）」

「魚？　焼けばいいのか？　なんの魚でもいいのか？」

「しゃかなはにゃんでもいいー、れもあみでやーて！　んでだーこんおりょちー（魚はなんでもいい、でも網で焼いて！　んで大根おろし）」

「網でねぇ？　それとダーコンを、すりおろす」

大根がダーコンって野菜だったのは笑った思い出。大きさがやっぱりすごかったけど。身長が２メートルある料理長の太股より太いって！

サクサク進む料理に、シェルも他の料理人も興味津々《しんしん》。

料理人さんが、自分の仕事をしながらチラチラ見てるので、たまに指を切ったりしてる。

ほどなく出来上がった魚の網焼き。ダーコンおろし付き。

このお城の食事はパンと肉主体なので、魚は滅多に出ない。

魚は庶民の食べるものって印象があるらしい。

王都から海までは、３日ほどかかるので、冷蔵冷凍技術のない王都では、川魚しか出回ってないしね。

それでもここにあるのは、完全に料理長の趣味。

「ほい、できたぞケータ様。んでこれをそのまま食うのか？　味付けしてねーぞ？」

「じゃじゃーん！　しょーゆ～（ジャジャーン！　醤油《しょうゆ》～）」

リュックから取り出した醤油を、料理長に掲げ、自慢する。

それをダーコンおろしにかけて、ダーコンおろしごと魚の身をパクリ！

「んま～い！」

久しぶりの味にジタジタしていると、シェルがすぐ近くで匂いを嗅《か》いでいる。

そんなシェルに、ダーコンおろしと魚の身をあーん。料理長にもあーん！

「「美味《うま》い！」」

2人が同時に叫ぶ。

「なんですか、ケータ様、これは！　私、魚はあまり得意ではないんですが、この魚は生臭さが全くなく、香ばしくしつこくない塩辛さ、ダーコンおろしがさらに魚の油をサッパリさせてくれて！　魚が！　大変美味《おい》しいです！」

「おうおう、ケータ様よ！　またスゲーもん持ってきたな！　こりゃどんな料理にも使える調味料だろ？　アハハハハッこりゃおもしれー！」

2人が大興奮です。

醤油がお口に合ってよかったです！

「んで、ケータ様よ、これはどこで手に入る？」

「あまてこきゅのおーじしゃま（アマテ国の王子様）」

「？　アマテ国ってーと、あの島国の？」

「ええ、そのアマテ国の王子に分けていただいた調味料です」

「へー、確かにあの国は魚と芋《いも》が主食って話をどっかで聞いたな？」

「しょんでー、こんどしゅしゃにゃおーじにあうとちに、しょーゆのかりゃあげちゅくりたいのー。こめもわきぇてもりゃうから、りょーりちょーいっしょいきゃない？（そんで、今度スサナ王子に会う時に、醤油の唐揚げ作りたいの。米も分けてもらうから、料理長一緒に行かない？）」

「……こめが何かは知らねーが、確かにこのしょーゆとかいう調味料は、唐揚げに使ったら美味そうだ。よし、そん時は俺も行こう！」

「おおー！　かりゃあげつくりゅとちにしょーゆちゅかーかりゃ、きょーはこりぇだけにぇ！（オオー！　唐揚げ作る時に醤油使うから、今日はこれだけね！）」

と、小皿に少量の醤油を垂らし、調理場をあとにした。

部屋に戻り、シェルに、

「しぇるー、おてまみかきゅー（シェル、お手紙書く）」

すかさずレターセットを出してくれながら、

「どなたに手紙を出されるのですか？」

と聞かれたので、

「でぃーぐでぃー」

「ああ、なるほど。しょーゆの販売経路確保ですね！　さすがケータ様」

褒《ほ》められました。

コネでなんとかしようとの算段です！

王様とかには、料理長頑張って！

手紙を書き終わったところでアールスハインが訓練から戻り、ちょうどいい時間なので昼食。

今日からは、朝と昼は家族揃ってではなく各自でとる。

皆忙しいからね。

アールスハインの部屋のリビングで、シェルに給仕してもらって、食べながら午後の予定を話す。

アールスハインは、年明け早々なので、まだそんなに仕事ないので、魔法の訓練をするそうです。真面目《まじめ》。

暇な俺も一緒に行きます。


魔法庁の訓練所に行くと、何人かの魔法庁職員が訓練してて、軽く挨拶《あいさつ》を交わし訓練。

ここへ来ると高確率で遭遇する、怪しい男ジャンディスが今日はいない。

行動も言動も見た目も怪しい男だが、あれで魔法庁副長官らしいので忙しいのだろう。

アールスハインと助が、魔法剣から魔法を撃つ訓練をして、それを俺はバリアで防いでいる。

反撃された自分の攻撃魔法を避けながら、さらに攻撃魔法を撃つ訓練。

威力はまだ普通の魔法玉と同程度。

俺は二重のバリアを張って、バリアの強度調節。

たぶん俺が魔力切れを起こすことはないけど、適切な魔力量で魔法を使うのは、コントロールの訓練にもなるからね。

慣れてくると退屈な訓練なので、バリアの中で内職もしてます。

内側のバリアは半透明にして、中をボンヤリとしか見えないように調節。

マジックバッグをせっせと量産しております。

マジックバッグは、この国で今、一番の目玉商品で、見せるだけでまだ販売はしていない。

何か功績を残した人への褒賞《ほうしょう》に使われたりしている。

テイルスミヤ長官が解析に成功して、その説明を聞いた何人かの職員が作れるようにはなったけど、まだ失敗が多く安定して量産は無理なので、俺も手伝っています。

報酬額が大変なことになってるけどね！

容量はそんなに大きくない。

イングリードが5人入れるくらい。

それでも他国で売れば、億の金が動くって言うんだから大変。

今のところ、王様からの贈り物を売り飛ばす愛国心のない人は出ていないけどね。

職人の手で丁寧《ていねい》に作られた革の鞄《かばん》の内側には、王家の紋章が小さく魔法刻印されてて、いつ、誰になんの褒賞で贈られたものかも書いてあるから、下手に売れないってのもあるけどね。

この鞄を、パーティーなんかでわざと開け閉めして刻印を自慢する貴族もいるらしい。

そんなマジックバッグを、安定して量産できるのは、今のところ俺だけなので、内職にはピッタリ。暇も潰《つぶ》せてお金も貯まる！

ゆくゆくは軍の装備品としても置きたいらしいけど、そこまではお手伝いしません。


訓練で汗をかいたアールスハインのついでに、俺も風呂に入れられた。

夕飯は、パーティーで出掛けているクレモアナ姫とイングリード以外は揃《そろ》って食べた。

クレモアナ姫がいないので、アンネローゼがここぞとばかりに、食べる前からパンと肉を追加しようとして、リィトリア王妃様に逆に半分に減らされてた。

夕飯を食べ終わったあと、王様に呼び出され移動すると、ロクサーヌ王妃様がソファに寝かされてグッタリしてた。

手の甲にウニョウニョを発見したので、ヌルッと取ってテイルスミヤ長官にパス。

テイルスミヤ長官がバリアで包んで保管。

目に見えて顔色のよくなったロクサーヌ王妃様に、部屋の中の全員がホッとして、本人はケロッと起き上がって俺にチュッチュッした。

俺の片頬が真っ赤になった頃、気が済んだのか、話を始める態勢に。

部屋の中にいるのは、王様、教皇様、イングリード、将軍さんに宰相さん、テイルスミヤ長官とアールスハインと俺とシェルに、デュランさん。

あとロクサーヌ王妃様とその騎士2名。

「それで？　ルーグリア侯爵家では、証拠となるものは見付かったか？」

「ああ、ウンザリするほどな！　あの屋敷には本当に反吐《へど》が出るようなもんがわんさかあった」

苦虫《にがむし》を噛み潰したような顔でロクサーヌ王妃様が言えば、後ろに立ってる騎士2人も、嫌悪も露《あらわ》な顔で頷く。

「奴も王族主催のパーティーの最中、しかも呪いで倒れた私が、捕縛の指揮を取っているとは思わなかったのか、私兵の数も大した数置いてなかったんで、屋敷をくまなく調べ、別邸の秘密扉から地下への入口を発見。押し入ったところ、違法奴隷が数十人、呪いの呪具と思われるものを多数押収した」

「同行した神官によって、保護された違法奴隷たちは教会で保護し、身元を調べ、帰る場所のあるものは帰す手配をしています。しかし、親の所在も分からない幼い子供も複数名おりますので、そちらは孤児院の預かりになるでしょう」

教皇様が、悼《いた》ましそうに補足して、

「奴らは、自ら呪具を作り出そうと人体実験も行っていたらしく！　死体こそなかったが実験結果の詳細な記録も押収した！」

冷静に報告しようとしているが、現場の光景を思い出したのか、ロクサーヌ王妃様は、ガンとソファの肘置きを殴《なぐ》りつけた。

聞いていただけで胸糞《むなくそ》悪くなる話の現場は、それは凄惨なものだっただろう。

宥《なだ》めるようにロクサーヌ王妃様の肩を撫《な》でる王様。

深い深呼吸のあとに、ロクサーヌ王妃様が話を続ける。

「さらに押収した物の中には、多くの毒物と麻薬の類《たぐ》いを確認。奴隷たちに使われていた痕跡もあった。入手ルートの書類にアブ男爵の名があったんで、兵を向かわせた。ルーグリア家当主とその一家は、貴族牢ではなく重罪犯の牢にブチ込んでやった！」

シンと静まりかえる部屋。

将軍さんと宰相さんの、ハァァァァと深い深いため息が被った。

「こりゃールーグリアは、一族ごと潰すしかねーな。下手に残すと禍根《かこん》を残すし、下手すりゃまた同じことを繰り返す」

「一度美味い汁を啜《すす》れば、元には戻らんからな」

将軍さんと宰相さんのため息のような言葉に、全員が頷《うなず》く。

「屋敷で働いていた者の半数以上は奴隷、残りは悪事に荷担していた者だったんで、そっちも牢にブチ込んだ！　お陰で牢がいっぱいになったんで、何人かまとめて入れてある」

「明日の早朝から調べを始めよう。ご苦労だった。しばらくは大人しく休め」

王様がロクサーヌ王妃様を労《ねぎら》ったのか、釘《くぎ》を刺したのか、微妙な言葉をかけたのに将軍さんと宰相さんが軽く笑って、

「教会で保護した者の聞き取りは、こちらが責任を持って行い、逐次報告を上げましょう」

教皇様が、被害者のケアと聞き取りを受け持ってくれたので、

「よろしくお願いする。被害にあった者たちの生活費はルーグリアから押収した金品を寄進させてもらうが、入り用の物があれば請求してくれ。補償に関しては、調べが進んで沙汰《さた》が下ったあとになるが、必ず何がしかの補償はすると、説明を頼む」

「承知しました。もしこちらで手に負えない呪いの類いがありましたら、ケータ様にご助力願いたいのですが、よろしいでしょうか？」

教皇様が俺に聞くので、

「あーい」

軽く返したら、空気が軽くなったので、今日はここまで。

取り調べが進み、まとまったらまたこのメンバーで会議をするんだって。

◆◇◆◇◆

おはようございます。

今日の天気は快晴です。

今日も特に予定のない俺ですが、準備体操と発声練習はします。

成長も発声改善も全く見られませんが、日課になっているので。

シェルに着替えさせてもらい、珍しく誰も乱入してこない朝食を済ませ、アールスハインと今日の予定を話し合います。

昨日、罪人が大量に牢に入れられたため、取り調べや裏付け捜査で騎士団が忙しいので、訓練はお休み。

アールスハインが手伝えることはないし、俺が寝たあとに仕事も済ませてしまったので、本当にやることがないそうです。

魔法庁も忙しそうだし、今日は1日ダラッと過ごすことになりました。

午前中は、本当にダラッと本とか読んで過ごし、昼食はロクサーヌ王妃様に呼ばれて、チビッ子組ととることに。

食事室に入ると、ロクサーヌ王妃様の両脇に双子王子が座り、アンネローゼも既にいて、食事が始まった。

運ばれてきた食事に、アンネローゼがグヌグヌしながら食べていると、皆とは違うメニューを不思議に思ったロクサーヌ王妃様が理由を尋ねると、両脇の双子王子が、それはそれは楽しそうに理由を述べ、アンネローゼがさらにグヌグヌしてた。

そんなアンネローゼに、ロクサーヌ王妃様が提案したのは、双子王子も交えての外遊び。

ゴリゴリマッチョな女性騎士の戦闘訓練よりはマシと考えたアンネローゼが、二つ返事で了承。

流れで俺たちも参加決定。

ゆっくりと食後のお茶も飲んで休憩後。

城の中庭で開始された鬼ごっこ。

アンネローゼは、双子王子の体力を甘く見ていた。

そしてロクサーヌ王妃様は大人気《おとなげ》がなかった。

最初に潰れたのは当然アンネローゼ。

次にロクサーヌ王妃様の騎士の2人。

次に双子王子で、助とアールスハイン。

俺はほとんど飛んでたし、ロクサーヌ王妃様はまだまだ余裕。

どんな体力をしているのか分からないけど、騎士の2人や、アールスハインと助にはたまに攻撃を入れてた。

お茶を飲んで休憩。

ずっとお菓子抜きのお茶タイムだったアンネローゼが、久々のお菓子を貪《むさぼ》り食ってて、騎士の2人がドン引きしてた。

お茶のあとに鬼ごっこ再開。

アンネローゼが弱音《よわね》を吐く暇もなく、ロクサーヌ王妃様に追いかけ回される。

それを面白く思ったのか、双子王子もアンネローゼを追いかけ回していたが、油断すると、ロクサーヌ王妃様の水の魔法玉が飛んできて、騎士の2人と助とアールスハインがビチャビチャに。

それを見て楽しそうだと、双子王子もロクサーヌ王妃様に突撃してビチャビチャに。

ついでにアンネローゼもビチャビチャに。

それを見て爆笑してたシェルもビチャビチャに。

中庭を通りかかったデュランさんに、全員で叱られて終了。

特にロクサーヌ王妃様が、大人はまだしも、冬に子供をビチャビチャにしたことを怒られてた。

俺はバリアで全部反撃して、ロクサーヌ王妃様をビチャビチャにした。

そのまま部屋へ、風呂に入り夕飯。


クレモアナ姫とイングリードはパーティーに参加していて不在。

キャベンディッシュは、祖父であるルーグリア侯爵が捕まった知らせを受けてから、部屋に籠《こも》って出てこないらしい。

食事が終わり、サロンに移ると、双子王子が昼間の鬼ごっこが楽しかった話をし始め、全員がビチャビチャになり、デュランさんに怒られたところで皆が笑い、アンネローゼがお菓子を貪り食っていたこともポロッとしゃべってリィトリア王妃様が、こわ〜い笑顔でアンネローゼを見ていたり、まあまあ穏やかに過ごした1日でした。

◆◇◆◇◆

おはようございます。

今日の天気も快晴です。

今日は朝から教会に呼ばれているので、朝食を食べたら出掛けます。


初めて訪れた教会は、でかかった。

尖《とが》った塔みたいのがいっぱいあって、前世のテレビで見た、完成まで100年かかる教会みたいな建物だった。

地震のない国でよかった。

ステンドグラスの技術はまだないのか、中はモノトーン。

ただ、そこで働いてる人と、お祈りに来てる人たちが、色彩豊かなので地味な印象はない。

あと、神父さん（？）が漏れなくマッチョなのも、地味な印象を壊してる。作業中だからって、冬なのに半裸はないと思うの。

アールスハインに抱っこされて、教会内に入っていくと、ほっそりした神父さんが迎えてくれて、奥に案内された。

前に聞いた話だが、教会にいる神父さんは細くなるほど強くなる、って話を思い出して、目の前にいる神父さんがちょっと怖くなる。

連れて来られたのは教皇様の執務室。

王様の執務室に負けないくらい機能的だけど、高価そうな調度品の部屋。

触りません！　弁償はできるだろうけど、触りません！

「アールスハイン王子、ケータ様、ようこそお出でくださいました。申し訳ありません、私共の力不足で何名かの呪いが、いまだ解けておりません。どうかお力をお貸しください」

教皇様に頭を下げられたよ。

「教皇猊下《げいか》、どうか頭をお上げください。私たちでお力になれることなら、喜んでお手伝いさせていただきます」

アールスハインが俺の頭を撫でながら言うと、教皇様はホッとした顔をして、

「では早速ですが、患者の元へ」

と、自ら案内してくれた。

着いた先は、木と石の建物なのに、掃除が行き届いていて、暗さを感じない清潔な部屋で、白いベッドが何床か並べられ、５人ほどが寝かされていた。

「この部屋にいるものは、特に強い呪いを受けたとみえて、私共の手には余ります」

ベッドに近づいて見ると、目を見開いて呼吸以外の身動きができない者、肌が緑色に変色している者、眠りながら唸り声を上げる者、今にも暴れ出そうとして、ベッドに縛られている者

が2名。

症状はそれぞれだが、全員が強い呪いを受けて、体中からウニョウニョが出ている。

「きょーこーしゃまー、にょりょいのしといぎゃい、じぇんいんしょとだちてー（教皇様、呪いの人以外、全員外出してー）」

「ええと？」

教皇様に俺の言葉は、まだ通じない模様。

「教皇猊下、ケータ様は、この部屋の患者以外を全員外に出してくださいと申しております」

シェルがすかさず通訳。

「ああ、そうですか」

教皇様が納得して、全員を外に出してくれる。

んじゃ、解呪《かいじゅ》をば！

部屋全体にバリアを張り、バリア内を聖魔法で満たす。

今までに見た呪いの中でも、一番濃い呪いなので、聖魔法も強目に！

徐々に溶けていく呪いのウニョウニョ。

いつもなら2、3分で済むのに10分近くかかって、やっと解呪成功。

ついでに毒も受けていたので、それも解毒。

「しゅーりょー」

声をかけた途端、目を見開いて呼吸しかできなかった人が、ガバッと起きて両腕を上げ、

「う、う、うごげるー！！！」

と、雄叫《おたけ》びを上げた。

それに続いて２人が起き上がり、自分の体を抱いて、異常がないことに呆然《ぼうぜん》としたり、体中をしきりに擦《さす》ったり。残り２人は縛られて動けないので、首だけを動かして周りを見たり、泣いてたりした。

「さすがケータ様ですね。素晴らしい解呪でした。お陰様で皆が助かりました」

教皇様にまた、頭を下げられてしまった。

こっちが慌《あわ》てるから、それ、やめてください！

そしてなぜか教皇様の抱っこで、他の被害者の人たちを見回りに来てる。

教皇様は、年齢不詳なエルフのような見た目だが、ユーグラムパパなので抱っこには慣れてる様子。

抱っこされながら聞いた話、教会の職員の階級は、教皇様がトップで、枢機卿《すうききょう》、大神官、上級神官、下級神官、見習いとなり、教皇様は１人、枢機卿が世界中でも30人、大神官が２００人、あとはいっぱいだそうです。

お城にいるのは枢機卿だって。

ただ、女性神官の中には、特殊な役割の人がいて、産婆《さんば》さんとか、治癒《ちゆ》能力特化とかの人たちは司祭って言われることもあるらしい。

上に行くほど強くなるのは本当か？　って聞いたら、フフフって笑って教えてくれなかった。

最強の人に抱っこされてるようです？

見回った結果、多少毒の残ってた人がいたくらいで、他は問題なし。

ただし、長い間閉じ込められていた反動で、心理的に不安定な人が多数、というかほとんど。

皆、ひと固まりになって離れようとしない。

ろくな食事も食べさせてもらえなかったらしく、皆ガリガリ。

そんな人たちから見ると、ゴリゴリマッチョな神官さんは恐怖の対象なのか、お世話をしてるのはまだ若い、ゴリゴリになる前の神官見習いたちと、逆に強さが振り切れたのか細くなったベテランの上級神官。あとは女性神官ばかり。

あとは特にやれることもないので、教皇様自ら淹《い》れてくれたお茶を飲んで帰りました。

素朴な疑問なんだが、ユーグラムはいずれ神官になるだろうに、体術が苦手で、あのゴリゴリの集団に入っていけるのだろうか？

アールスハインに聞いてみたら、本人が苦手と言ってるだけで、Ｓクラスに入れるくらいには、体術も問題なくできるそうです。

脳裏に鉄パイプを振り回すゴリゴリマッチョなユーグラムが過《よぎ》ったのは内緒。


お城に戻ると、まだまだ騎士たちがバタバタしてた。取り調べは順調のようで、下っ端から事情聴取していくと、自分の罪を軽くするためか、ペラペラ簡単に喋るそうです。それを元に調べ、証拠が揃ったものから大物の取り調べ。

親族からも逮捕者が続々出てるそうです。

逃げようがない。

まだまだ主犯であるルーグリア侯爵までは時間がかかるそうだが、全財産を没収しただけで、相当な額になったとか。

すれ違う騎士や、貴族の話を聞いてるだけで、ボロボロと余罪が見付かっている様子。

自分たちの開発した、呪いの魔道具によほど自信があったらしく、本当に油断していたタイミングで、家宅捜索ができたのね！

二股女の元養子先の、アブ男爵も捕まった。

国外に逃げようとしてたところを、イングリードに捕まった。

アブ男爵は、ルーグリア侯爵の手足となって、国内では手に入らない毒物や魔物の素材、違法薬物なんかを密《ひそ》かに密輸してたことが判明。

命令に逆らえなかった！　と本人は言ってるけど、屋敷に蓄えてた私財が半端なかったので、手下扱いではなく、共犯の扱いで逮捕された。

しかもアブ男爵は、自分がいつか切り捨てられないように、ルーグリア侯爵との交渉事は、全て外国の特殊な魔道具を使って、証拠を残していた。

この数日で、あっと言う間に証拠も揃い、あとは量刑を下し、公表し、刑が執行されるだけ。

それもあと数日で終わる、との予想。

ルーグリア侯爵家、その共犯の親族家、配下の貴族家、逮捕され取り潰しが決定している家の全ての財産は、被害者への賠償と、教会の孤児院への寄進に充《あ》てられるそうです。

◆◇◆◇◆

3日後、お城の大広間に主だった貴族が揃い、宰相さんが、今回のルーグリア侯爵家の罪状を発表した。

その配下の貴族家、共犯の貴族家の罪状もあわせて発表され、多くの貴族家の取り潰しが決定された。

シンと静まりかえった大広間に、宰相さんの声だけが響く。

下手に異議を申し立てれば、共犯を疑われる状況で、声を上げられる者はいない。

この国に死刑はない。

最高刑は、終身奴隷落ち。

大広間で多くの貴族が見守る中、元ルーグリア侯爵を始め、共犯と配下の元貴族たちに奴隷の首輪が嵌《は》められた。

抵抗しようと暴れる者もいたが、騎士に押さえ付けられ首輪を嵌められる姿は、見ている者たちの失笑を買った。

彼らはこれから、オークションにかけられ、主となる契約者に買われたあとは、過酷な労働を強いられる。

奴隷の首輪を嵌められている限り、魔法は一切使えず、契約した主の命令には逆らえなくなる。

被害者に嵌められた奴隷の首輪は、アブ男爵の残していた資料により、速《すみ》やかに無効化され、無事全員の首輪を外すことに成功。

身元の判明した者から、賠償金と共に地元の教会に送り届けられ、付近の教会にも協力を求め、心身共に回復するのを見守られる。

孤児となってしまった子供たちのケアは、教会が請け負い、身元の調査も続行される。

まだまだ、取り潰しにあった貴族家の領地などの問題は山積みだが、一連の騒動が一応の終息をみたのは1週間後。

その素早い対応に、今回捕まらなかった別の悪事に手を染めた者たちが、震えたとかいないとか？

連日の公務に追われ、家族と食事を共にする時間も取れなかった王様が、双子王子を抱き潰し、アンネローゼにチュー攻撃を仕掛け、俺にまでチューしようとしてきたので、バリアを張って全力拒否の姿勢です！

おっさんのチューなどいりませぬ！

◆◇◆◇◆

おはようございます。

今日の天気は薄曇りです。

一連の騒動が一応の終息をして、お城の中も心なしかのんびりした空気が漂っています。

アールスハインは相変わらず真面目で、常に仕事か魔法か剣の訓練をしています。

俺はだいたいマジックバッグを作ってるか、ソラとハクと戯《たわむ》れています。

ソラは、最近俺を乗せて城内を散歩するのが日課で、たまに双子王子も乗せて3人と2匹で散歩をしてると、メイドさんや騎士、城勤めの文官さんたちに微笑《ほほえ》ましい目を向けられます。

ハクは、お昼寝用ベッドです。大きさも弾力も、前世の人をダメにする感じの、絶妙な柔らかさで温度まで変えられるようになりました。

そんな平和で暇な毎日を送っていると、

「ケータ様、お手紙が届いております」

と、シェルに手紙を2通渡された。

1通はディーグリー。アマテ国スサナ王子のところへ一緒に行かない？　って手紙を出したら、絶対行く！　って返事が来た。

もう1通は、アマテ国のスサナ王子。

パーティー週間が終わったので、醤油と米の話をしようって！　待ってました！

シェルにアールスハインの予定を聞いて、特に予定がないらしいので、お供を連れて、いつでも行けます！　って手紙を出した。

アールスハインには事後承諾になったけど、謝ったら苦笑して許してくれたので、料理長にも数日以内に行くかも、と連絡したら、明日から休む宣言をして、副料理長に怒られてた。

今さらだが、この世界の手紙は魔法ではなく人力でした。

王都内なら半日で、その他なら距離に応じて値段設定されてて、管理してるのはなんと騎士団でした。国中を巡回する騎士団がいて、その人たちの仕事だそうです。

騎士団が管理してるので、信用はピカ一。

盗賊にも負けないので、高価な届け物もちゃんと届く。

ただし、高位貴族のお家には家まで届けてくれるけど、下位貴族のお家には騎士団詰所からは街を守る兵士さんが届け、平民のお家には駆け出し冒険者が届けるスタイルだそうです。

昔、商人も同じような商売として、宅配をしようとした人もいたらしいけど、貴族の違法取引に巻き込まれたり、高価な届け物の紛失や盗難、詐欺までが頻発して、あっという間に廃《すた》れたそうです。

なので出した手紙は、次の日には返事が来て2日後の午前中に、スサナ王子の借りてる屋敷へ訪問することが決定した。

◆◇◆◇◆

朝からソワソワする俺を、シェルがちょいちょいからかってくるけど、そんなのは気にしません！　ちょっと余所《よそ》行きの服を着て、アールスハイン、シェル、助に料理長、途中でディーグリーを拾って、スサナ王子の借りてる屋敷へ。

屋敷の門を守るのは、前世懐かしい日本風の甲冑《かっちゅう》を着た武士っぽい騎士。

ちょん髷《まげ》じゃなかったのは残念だけど、親近感は湧いた。

玄関を開けてくれたのは、初老の爺さん。

体は小さいけど、只者《ただもの》じゃない雰囲気。

俺は何も感じなかったけど、助とアールスハインと料理長がピクッと反応した。

スサナ王子の待つ応接間に通されて、一通りの挨拶が済むと、早速醤油と米の紹介。

米は野菜扱いなので、麻袋1つ30キロくらいしかなかったけど、醤油は50センチくらいの壺《つぼ》を3壺分買い取ることに。

値段は実際に食べて味を確かめてからってことで、お昼ご飯用に唐揚げの仕込みに入る料理長を全員で見学する流れに。

米は俺の指示で助が炊《た》きます！

唐揚げのレシピは既に料理長に教えてあるので、そちらはお任せ。

米は精米された白米だったので、軽く洗って吸水。

料理長も、唐揚げの漬け込みの間、アマテ国から来た料理番の人と相談して、一品ずつ他の料理も作ることに。

シェルが忙しそうにメモを取る横で、只者でない感じの爺さんも、同じようにメモしてた。

いつの間にか、お互いにレシピは公開する約束ができていたので問題なし。


彩り豊かなサラダは料理長特製のドレッシングがかけられ、スズキに似た魚魔物のムニエル。

アマテ国の料理番さんが作った、芋の煮物、スープとして出されたのは、けんちん汁！　しかも味噌仕立て！　メインの醤油味唐揚げが食卓のど真ん中に山を作り、おのおのの前には、ふっくらホカホカのちょっとお焦《こ》げのある白米！　メニューに統一性が全くないが、どれもとても美味しそう！

この家に子供椅子はないので、テーブルに届かない俺は、行儀が悪いがテーブルの上にじかに座ってる。

ちゃんと正座はしてますよ！

「ではいただこうか」

のスサナ王子の声に、俺と助の、

「「いただきます！」」

と揃えた声が、皆をちょっと驚かせたけど、俺は白米に夢中で、気付かなかった。

ふっくらホカホカの白米を一口。

ゆっくりと噛《か》んで、涙が出そうになった。

ああああーーーっ、自分が日本人なのを思い出した！

「んまーーーい！」

「あーーうまっ！　これこれ！」

俺と助がほぼ同時に感想を口にすれば、見たこともない米を聞いたこともない調理法で出されたご飯に、手を付けていなかった皆が、驚いて俺たちを見ている。

「…………そんなに美味いのか、どれ」

勢いを付けるように一言言ったスサナ王子が、ご飯を一口。

ゆっくりと噛んで、ホゥと息を吐く。

「今までに食べたことのない味だな、だが悪くない。噛んでいるうちに甘味がしてくるのが不思議だ」

と感想を言えば、アールスハインとディーグリーも恐る恐る一口食べる。

「……確かに、甘味を感じる。柔らかく温かい」

「なんてゆーか、ホッとする味だね～。他の料理の邪魔をしない、でも存在感がある。不思議な食べ物だね～」

概《おお》ね好評のようです。

食感は餅米とうるち米の中間くらい、とても美味い米です！

前世の外国人には、いまいち白米を受け付けない人もいたらしいので、好評なのはとても嬉《うれ》しい。

けんちん汁も美味いし、他の料理も美味い。

醤油味の唐揚げも大好評で、全員が食後に腹を擦るほど食べた。

腹いっぱい食べたあとの商談は、和気藹々《あいあい》と進み、醤油はソイユという名前で、ディーグリーの家のラバー商会で取り扱い、ついでに味噌も扱うことに。米はまず生産量を増やすことから始めるらしい。

それまでは米は、俺とお城で優先的に買い取る約束も付いたので、ホクホクですよ！

商談中にシェルと只者じゃない爺さんも、食事を済ませてきたのか、ホクホク顔をしてた。

アマテ国は今まで、絹以外の輸出品がろくになかったそうで、すごく喜んでた。

一応、米の育て方もレクチャーしといた！

より多くの収穫を期待してね！

湿地帯で、野菜を育てられない土地を有効に使えることになるので、そのことにもすごく感謝された。

米を売ってくれるなら、なんてことないですよ！

帰り道、皆で料理の感想を言い合っていると、ディーグリーが米を食べられないことを残念がっていたけど、お城でご飯は炊きません宣言をしたら驚かれた。

今回、料理法と育て方を教えてくれたお礼がしたいとスサナ王子に言われたので、米の残りを全部もらっちゃったからね！

ご飯を出さない理由を聞かれたので、アンネローゼの名前を出すと、全員が、あーと納得。

商人たちのパーティーでも、アンネローゼの体型は話題になってたとか。

学園に戻ったら、たまにご飯を炊くよって言ったら、ディーグリーがはしゃぎ、料理長が落ち込んだ。

◆◇◆◇◆

休みの残りも数日になった頃、いつものように騎士の訓練場の隅で、ソラとハクと戯れてたら、アンネローゼがゴリゴリマッチョな女性騎士から逃げて、訓練場に入ってきた。

わけも分からず闇雲に逃げて来たのか、笑いながら血を流し、魔法剣をブン回す集団に悲鳴を上げた。

怖いよね、うん分かる。

丸々太めとは言え、汗と涙と若干の鼻水も出てる状態でも、お姫様に悲鳴を上げられた騎士たちは、ハッと自分たちの姿をかえりみた。

自分の姿は見えないが、周りの姿は、半笑いの顔を引きつらせ、半裸で血をダラダラ流しながら剣を握る集団。

お姫様じゃなくても悲鳴を上げる。

納得したら、比較的冷静に訓練に励んでいたアールスハインにお姫様を任せ、一旦《いったん》自分たちの治療に専念し、半笑いの顔を引き締めた。

ずいぶんと長い時間をかけて正気を取り戻した騎士たちは、その後は冷静さを失わないように気を引き締めて訓練に励んだ。

尚《なお》、この場にいなかった将軍とイングリードは、いまだ正気を失いがちである。

ショックを受けたアンネローゼは、しばらくの間、騎士を見ると怯《おび》え、騎士団訓練場には間違っても近づかないようになった。

女性でも騎士は怖いらしく、今までは何かと逃げ出していた訓練を、文句タラタラながらちゃんと受けるようになったとか。

ゴリゴリマッチョな女性騎士は、少々不満らしいけどね。

◆◇◆◇◆

おはようございます。

今日の天気は雪です。

窓から見える景色が一面《いちめん》白いです。

前世東北出身なので雪は見慣れたものですが、この世界の雪も、前世と変わらない白い雪です。

ちょっと青とか緑とか赤い雪を期待したりもしたけど、普通の雪でした。

今日は冬休み最終日なので、明日からの学園生活に向けての準備に充てられます。と言っても、俺はやることも特にないけど。

シェルにモコモコの着ぐるみに着替えさせられ、朝食の席へ。

ちなみになんの着ぐるみかは不明。

犬のような垂れ耳と、狐のようなボリュームのある尻尾、薄ピンクと濃い赤のパンダ柄って、なんの動物か？

たぶん魔物の子供なんだろう。

双子王子は、薄ピンク部分が白くなったお揃いの着ぐるみを着てるので、たぶん白と赤の方が親の配色なんだろう。

姫様2人してキャーキャー言ってたし。

王妃様2人に代わる代わる抱っこされたし。

王族全員が揃う食事は珍しい。

ロクサーヌ王妃様は勝手に遠征に行くし、リィトリア王妃様、クレモアナ姫様は、パーティーに招待されて忙しく、イングリードはイライザ嬢目当てにパーティーに参加、キャベンディッシュもどっかのパーティーに頻繁に出掛けてて、王様は仕事が忙しかった。

チビッ子たちはまだパーティーには出席できる年齢じゃないので、お城で教師を付けてのお勉強や訓練をしてたそう。

アールスハインは、パーティーの招待状は来てたけど、興味がなくて行かなかった。

明日からは、キャベンディッシュとアールスハインが学園に行っちゃうので、またしばらくは全員が揃うことはない。

食後のお茶の時間に、

「んん」

と、王様が皆の注目を集めるように喉を鳴らすと、

「あー、突然だが、クレモアナとイングリードの婚約が決まった。来週末にも顔合わせの茶会を開くので、時間を空けておくように」

「まあまあまあ！　それは本当ですの！　なんとおめでたいことでしょう！　クレモアナ、イングリード、おめでとう！」

真っ先にお祝いを言ったのはリィトリア王妃様、続けてロクサーヌ王妃様も、

「2人ともおめでとう！　相手は強い奴か？」

ニヤリと尋ねたロクサーヌ王妃様に、

「はぁー、ロクサーヌ母様の基準はそればかりですのね。わたくしが相手に求めた条件は、一番に実務能力でしてよ！　もちろん健康であるのは大前提ではありますが、ロクサーヌ母様を筆頭に、この国は些《いささ》か武力に傾きすぎです！　国民を守るためにもそれが悪いとは言いませんが、王妃自ら率先して前線に立とうとされるのはどうかと思いますわ！」

「まぁまぁ姉上、祝い事の前です、説教はそれくらいで。まあ、俺の相手は強いですがね！」

クレモアナ姫様への説教を宥めたイングリードだが、最後の付け足しにロクサーヌ王妃様の目がキランと光った。

「それはそれは楽しみだ！」

「はぁー。ロクサーヌ母様、ほどほどになさいませ！　イングリードも、ロクサーヌ母様のせ

いでお相手に逃げられても知りませんわよ！」

「「ねえさま、大にいさま、おめでとーございます！」」

チビッ子たちのお祝いの声に、クレモアナ姫様とイングリードが笑顔で礼を言う。

「モアナ姉様兄上、おめでとうございます」

アールスハインもお祝いの声をかけ、

「ふちゃりとも、おめれとー」

俺もお祝いした。

キャベンディッシュも一応って感じで、

「おめでとうございます」

っては言ってたけど、どっか上の空だった。

和気藹々と相手のことを聞き出しながらしばらく過ごし、おのおのの予定へ。

午前中はアールスハインは仕事を済ませ、俺は読書。

昼食は部屋でとった。

アールスハインも特に明日からの用意はなく、午後は騎士団の訓練場に。

騎士たちは、午前中は仕事をこなし、今は30センチほど積もった雪の、雪かきをしている。

除けたそばから降る雪に、一向に進まないので訓練も兼ねて、火魔法剣での除雪を始めた。

雪の中動き回るのは、いつもとは勝手が違ってスッ転ぶ騎士多数。

そこに火魔法剣から飛び火した火が騎士に襲いかかる。

負傷者続出。

最近は俺の手伝いもいらないくらい治癒魔法が上手くなってきたのに、今日は全然間に合わないくらい多数の負傷者。

仕方ないので手伝いました。

まずはトンネルバリアを作って火傷《やけど》の治療。それでは間に合わない奴は、個別での治療。

雪の中でのいつもより威力の高い火魔法剣、何度負傷してもすぐに回復する体。

次第にテンションが上がってきたのか、半裸になる騎士多数。

雪の降る空の下、半裸の体からは湯気が上がる。

なんか臭そう。

誰か1人が笑い出すと、周りも伝染して笑い出し、ゲラゲラ笑いながら雪の中、半裸で剣を振る怪しい集団の出来上がり。

せっかく反省したのに！

全てが台無しになった午後でした。

夕飯前に風呂に入り、晩餐《ばんさん》室に入ると全員が揃っていた。

一緒に訓練を受けていたイングリードも到着してて、でも髪がビショビショだったので、魔法で乾かしてあげたら、リィトリア王妃様とクレモアナ姫様がものすごく食い付いてきた。

髪が長いからね。

今日のメインは醤油味の唐揚げ。

ドンと山に盛られた唐揚げに、アンネローゼの鼻息が荒い。

まあ、他の皆も嗅いだことのない匂いに小鼻をひく付かせているけど、アンネローゼほど荒くはない。

「本日こちらにご用意しましたのは、アマテ国のスサナ王子より譲られた、ソイユという調味料を使った唐揚げです」

デュランさんの紹介に、

「ほう、新しい調味料か。確かに今まで嗅いだことのない香りだ。これはアマテ国からの輸入品に新たに加わる物か？」

「はい、既にラバー商会との契約が済んでおります」

ラバー商会の名前に、こっちを見てニヤリとする王様。特に何かを言われるわけでもなく。

「それではいただこう」

そう言って食事が始まった。

興奮気味に皿に取り分けられる唐揚げを、ガン見するアンネローゼ。

ソワソワと縦揺れしている。

目の前に置かれるなり、齧《かじ》り付き、肉汁にやられてハフハフしてる。

「な、な、な、なにこれは！　おいしーーー！」

叫ぶなり、また唐揚げに齧り付き、熱さにやられてハフハフしてる。

それを見て皆も唐揚げを口にして、

「なるほど、確かに美味い！　香ばしい香りと、ほどよい塩味、塩の唐揚げとはまた違った美味さがある！　これはいいな！」

王様絶賛。他の皆も、

「ああ、これは美味いな！」

「ええ、この独特の香りも、癖になりますわね！」

「色は悪くなりますけれど、この美味しさならば、気になりませんわね！」

「「おいちーーーー!!」」

「ああ、美味い！　これはいくらでも食える！」

アンネローゼはものも言わず、ひたすら食ってる。イングリードと同じくらい食ってる。

そこで、自分も食べることに夢中になってたクレモアナ姫様がハッと気付いて、アンネローゼの給仕を担当しているメイドさんに、制止の声をかける。

「ちょっと、そこまでよ！　アンネローゼにそれ以上食べさせてはダメ！」

既に相当な数食ってるが、今皿に盛られた物までで終了の宣言をされた。

制止されたアンネローゼは、

「モアナ姉様、ずるいですわ！　ご自分はまだまだ食べるくせに、わたくしの分だけ少なくするなんて、ひどすぎます！」

抗議の声を上げた。

クレモアナ姫様は、それに冷静に、

「ねえ、アンネローゼ。あなた、唐揚げをいくつ食べたか自分で分かっていて？」

クレモアナ姫様の冷たい目線に、

「そんなの数えているわけないでしょう」

と反抗的に返すと、

「そう。イングリードと同じほどの数食べているのに、まだ食べる気なの？　メリー、アンネローゼが食べた唐揚げの数は？」

突然クレモアナ姫様に名指しされたメイドのメリーさんは、ビクッとしたあと、

「……15個ほどです」

と答えた。

「そう、ありがとう。ねえ、アンネローゼ。あなた、15個も食べたのですって。それでもまだ食べるの？」

数を聞いた途端、リィトリア王妃様も、目が氷のように冷たくなった。

2人に凍えるような視線を向けられたアンネローゼは、それでも食欲に抗《あらが》えないのか、

「ですが、こんなに美味しい物を目の前に、我慢なんてできません！」

と、涙目で抗議した。

「そう。美味しい物が目の前にあったら、我慢できないのね？　なら、こうしましょう。明日の朝からの食事はあなた1人でとりなさい。しかも以前の固いパンと肉で。それならあなたは食事の量を減らせるものね？」

「そんな！　ひどすぎます！　わたくしに飢えて死ねと仰《おっしゃ》るのね！」

ワアーーー！　と泣き出したアンネローゼ。

男性陣ドン引き。

それでも撤回されない言葉に、アンネローゼが王様を縋《すが》るように見る。

「アンネローゼ、お前は知らないだろうが、商人のパーティーでも、お前の体型のことが話題になっている。それだけではない。お前は、弟たちのおやつを奪い、メイドの菓子まで奪おう

とした。一度リィトリアに叱られたにもかかわらず、また繰り返した。自分の欲望のために、下の身分の物を奪うのは、犯罪だ。分かるね？　しばらくは、クレモアナの提案通り、反省しなさい」

何も言えずブルブル震えるアンネローゼ。ボロボロ涙を溢《こぼ》しているが、誰も同情できない。さすがに同じ過ちを繰り返しては、許されない。

王様も今回は厳しくいくようだ。

アンネローゼの泣き声をバックに食事を済ませ、サロンへ移る。

どんよりした空気の中、

「なあアンネローゼ、そんなに食事のことばかり考えるから、人の物まで奪ってしまうんだろ？　なら他の物に目を向けたらどうだ？」

「ほ、ほがのものって、なんでずの？」

泣きながらなので、どもっているが、

「そーだなー。剣術なんてどうだ？　体も動かせるし、戦闘中は食事のことなど考える暇もない！」

名案とばかりに提案するロクサーヌ王妃様に、

「剣術に夢中になる女性なんて、ロクサーヌ母様くらいですわね！」

「そんなことはないだろう！　女性騎士だって最近増えてきたし！」

「女性騎士の大半は平民ですわね。平民は自分で結婚相手を選べますが、アンネローゼはこれでも姫なのです。姫としていずれ嫁ぐ身なのに、剣術にかまけて令嬢としての礼儀を疎《おろそ》かにすれば、嫁のもらい手はありませんわね！」

「それは、だが、どこかに物好きな奴がいるかもしれんだろう？」

「ロクサーヌ母様は、その物好きにアンネローゼを嫁がせますの？」

「いや、アンネローゼは私が認めた男にしか嫁がせん！」

「ご自分の仰ることに矛盾があるのをお分かりですか？」

「あ、いや、あー、アンネローゼすまんな。よかれと思ったのだが、令嬢としては、私は失格だからな」

心底すまなそうに謝るロクサーヌ王妃様に、アンネローゼは泣き止んだ目を向け、

「ロクサーヌ母様、わたくし行きますわ！　ロクサーヌ母様に付いて遠征へ！」

「ちょっと、アンネローゼ。あなた、自分が何を言っているか分かってますの？」

まさかロクサーヌ王妃様の提案に、アンネローゼが乗るとは夢にも思ってなかったクレモアナ姫様が、驚いて声をかけるが、アンネローゼは、

「わたくし、決めましたの！　痩《や》せて綺麗《きれい》になるまで、この城には戻りません！」

ムフーっとばかりに宣言した。

「アンネローゼ。遠征には、最低限自分の身を守れるだけの強さがないと、連れては行けん」

イングリードが現実を言えば、

「わたくし、自分の身は自分で守れます！　だってずっとベイリーの攻撃をバリアで防ぎ、逃げ延びてきましたもの！」

ゴリゴリマッチョな女性騎士ですな。

「おお、あのベイリーの攻撃を防げるのか？　すごいな、アンネローゼ！」

ロクサーヌ王妃様が誉めるので、アンネローゼが腰に手を当ててふんぞり返る。

「ロクサーヌ母様、褒めている場合ではありません！　アンネローゼはまだ10歳にもなっていない少女なのですよ！」

「何、心配するな。アンネローゼの身は、私が守る。それよりも、この城に閉じ込めて我慢を強《し》いるより、広い世界を見せて、自分の立場を考えさせるよい機会だ」

「…………それも一理あるか」

「お父様!?」

「だがクレモアナの言う通り、アンネローゼがまだ子供であることは事実。だから、1年だ、巡回騎士に付いて、この国を見てくることを許す。アンネローゼ、途中で投げ出すことは許さ

ない。分かったな？」

「はい、お父様！　わたくし、やり遂げてみせますわ！」

ということで、アンネローゼとロクサーヌ王妃様は、1年間、巡回騎士に付いてダイエットの旅に出ることが決定したのだった。

2章　新学期

おはようございます。

今日の天気は晴れです。

雪に光が反射して、やたら眩《まぶ》しい朝です。

昨日とは違う着ぐるみを着せられて朝食へ。

アンネローゼ以外が揃った食卓。

昨日は散々アンネローゼを叱り付けていたクレモアナ姫様が、朝、アンネローゼを呼びに行ったら、既に固い肉とパンの朝食を食べていて、巡回騎士に付いていく決意を、新たに宣言されたそうだ。

普段は欲望に正直で、流されやすい面が多いが、一度決めたらものすごく頑固。

そんなところが、5年前に亡くなったイングリードとアンネローゼの生みの母である元王妃様にそっくりなんだとか。

しんみりとした朝食を過ごして、学園へ。

アールスハイン、シェルと助と、なぜかテイルスミヤ長官も一緒です。

「ミヤちょーかん、にゃんでいりゅのー？　じぇんきらけじゃなかったー？（ミヤ長官、なんでいるの？　前期だけじゃなかった？）」

聞けば、

「それがですね、学園の教科書や授業内容をあらためてみた結果、いろいろ抜けがあることに気付きまして、その補足のために協力を求められたんです」

「抜け、ですか？」

「ええ。例えば魔力錬成《れんせい》の玉による練習が、そのあとの魔力コントロールや威力に関わってくること、今の学園で教える魔法は理論ばかりで想像力を鍛える方には向いていないことなどですね」

「それは幼年学園で習うことでは？」

「ええ。その通りなのですが、その関係性までを教えていなかったことが、皆さんとの訓練で判明したので、幼年学園で理論と練習が誤った認識のまま成長してしまった高等学園の生徒には、実践も含めた訓練を中心に進めていこうと話が付いたんです」

アールスハインとテイルスミア長官の話に皆が納得。

後期の授業は、延々と座学が続くってことはなさそうです。

そんな話をしながら学園に到着。

先に到着してたキャベンディッシュが、珍しく1人で歩く姿をなんとなく眺《なが》めていると、キャベンディッシュの前方に、早足で歩く女生徒がおり、キャベンディッシュが追い抜こうとした途端に、女生徒が足を滑らせスッ転んだ。

驚いて声をかけるキャベンディッシュ。

「だ、大丈夫か？」

「い、いたたたた、あーもー、私ったらまたドジったー…………はっ、い、今の見てましたか？」

オロオロと慌てる女生徒に、手を貸して立ち上がらせるキャベンディッシュ。

「ありがとうございます。すみません、私ったらどじで～、えへっ」

立ち上がって、お礼を言い、自分のドジさに片手で頭を軽く叩《たた》く女生徒。

「い、いや、驚いたが怪我《けが》もないようだしよかった…………ところで君は、先日のマーブル商会のパーティーに参加してなかったかい？」

「え、はい参加、というか、私、マーブル商会の養女になったんです。礼儀作法に不安があるので、正式なお披露目はまだなんですけど」

「ああ、やはり、見かけた顔だと思った」

「あなたも参加されてたんですか？　偶然ですね！　私、今日からこの学園に通うことになったフレイル・マーブルっていいます！　よろしくお願いします！」

「ああ、これも何かの縁だろう、困ったことがあったら私に言うといい。私はキャベンディッシュ・フォン・リュグナトフだ」

「リュグナトフ？　って国の名前じゃ？　え？　王子様？　え？　本当に？」

キャベンディッシュの名乗りに、驚愕《きょうがく》の表情になる女生徒。

慌てて居住《いず》まいを正し、深々と頭を下げて、

「し、し、し、失礼しました！　私、知らなかったとはいえ、すみませんでした」

ペコペコと謝り出した。

「はは、気にしなくていいさ」

爽《さわ》やかに許すキャベンディッシュに、顔を真っ赤にしながら、

「あ、ありがとうございました」

ポーっとお礼を言う女生徒。

「ちゃべーでっしゅ、ふちゅーにおーじみえりゅねー（キャベンディッシュ、普通に王子に見えるね）」

「いや、王子だから！　見た目だけならキラキライケメンだろう？」

「きじゅかにゃかったー」

「ぶふぅげふっ、ぐふふふふ！」

シェルが、サイレントできずに小声で爆笑しています。

アールスハインも否定できずに微《かす》かに笑ってるし。

俺たちの周りで様子を見ていた生徒も、笑いを堪《こら》えている。

そんなことを知らない前方の2人は、なんかよさげな雰囲気。

最近は残念さが全校に知られているので、あんなキラキラした目で見られることのなかったキャベンディッシュは、機嫌よさげに話しているが、

「けちゅちゅめたくにゃいんかにぇー？（ケツ冷たくないんかねー？）」

「ぐっふ、ごふっ、ぶふぅ」

シェルはもう隠す意味ないと思う。腹を抱えて痙攣《けいれん》してるし。

それは周りも同じこと。なんとか声を抑えようとしているが、口と腹を抱える人多数。

本日の天気は晴れ、だが昨日の天気は雪。

足元には昨日積もった雪がまだだいぶ残っている状態で、女生徒はスッ転んだのだ。

当然、制服の尻はビチョビチョのグチャグチャ。それにもかかわらず、朗《ほが》らかに話す2人。

風邪《かぜ》引くよ？

なんだか愉快《ゆかい》な2人を眺めて、皆動かない。

そこに新たな人物登場。

キャベンディッシュのライバル生徒会長、いや、元会長。

冬休み中に、職員会議で会長クビになったお知らせが来た。

次の会長は、繰り上がったユーグラム。

「何をしてるんですか、キャベンディッシュ王子。その女生徒、早く着替えさせないと風邪を引きますよ？」

「あ、冷たい！」

「ああ、すまない。つい君との話が楽しくて。すぐに着替えに行った方がいい」

「はい！　私もすごく楽しかったです！　それじゃあ失礼します！」

ピョコンと跳ねるように頭を下げて、小走りで去っていく女生徒。

キャベンディッシュと元会長は、特に会話もなく、お互いを一睨みして別れた。

「ふぅーーー、朝から愉快な人たちでしたね」

シェルがため息のあとに感想を言えば、周りも皆笑いながら、あらためて挨拶して動き出した。


一旦寮部屋に寄って、教室へ。

教室に着くと、ユーグラムとディーグリーは生徒会の引き継ぎとかで、呼び出されているらしい。

アールスハインが前期と同じ席に着けば、皆もおのおの席に座り、談笑を始めた。

「アールスハイン殿下、おはようございます」

声をかけてきたのはイライザ嬢。

今日もドリルがワサワサ揺れている。

「おはよう、イライザ嬢。婚約おめでとう、姉上？」

「フフ、まだお披露目も済んでいませんもの。気が早いですわ。でもありがとうございます」

うん、照れて頬を染める姿も可愛い。

イライザ嬢は正しいツンデレなので、見ていてとても微笑ましい。

婚約は教会で誓約書を交わし、パーティーでお披露目が済むまでは、正式な婚約とは言わないらしい。

今回は、次期女王のクレモアナ姫様と同時に婚約の発表を行うので、パーティーの準備に時間がかかっている。

イングリードは、クレモアナ姫様が即位したあとは、大公って爵位と王領地をもらって分家する感じ。

間もなく我らがインテリヤクザな担任カイル先生が来て、

「おう、揃ってんな、んじゃ移動しろー」

と緩く促す。

講堂に着くと、前方の席にはユーグラムとディーグリー、書記先輩の姿が。あと見たことないメガネ。

学園長の挨拶があり、生徒会のメンバーが一部入れ替わるとの発表があり、令嬢たちの歓声と共に、新生徒会のメンバーが壇上に上がる。

生徒会長ユーグラム、副会長が名前忘れたけど書記先輩、会計はディーグリーのまま、新書記にメガネ。

客席でキャベンディッシュがニヤニヤして、元会長がグヌグヌしてた。

式が終わり教室へ。

ここでシェルと助は別行動になる。

教室の席に着き、ぼんやりと教室に入ってくる生徒を眺めていると、爽やか君登場。

爽やか君は教室内をグルッと見回して、こっちに来た。

「アールスハイン王子、ケータ殿、おはようございます！　今日からこのクラスになりました、アルフォート子爵が三男スティントと申します。あらためてよろしくお願いします！」

朝の集まりでは気付かなかったが、爽やか君、スティント君がSクラス入りした模様。

満面の笑みで爽やかに挨拶された。

「おはようアルフォート殿、クラス上げおめでとう。これからよろしく」

アールスハインも挨拶を返し、握手する2人。目の前で握られた2人の手に、手を置いて、

「すてぃーとくんよーしきゅー（スティント君よろしくー）」

俺も挨拶したら、

「はい、ケータ殿もよろしくお願いします！」

と、満面の笑みで挨拶された。

おう、あまりの爽やかさに、オッサンの精神にダメージを受けそうです。

その後、爽やかスティント君は他のクラスメイトにも挨拶をしてたが、なぜか全員に君呼びにされていた。

キャラ的に似合ってるので、令嬢たちも微笑ましく受け入れていた。

なぜかアールスハインが苦笑しながら俺の頭を撫でてきた。

ユーグラムとディーグリーも遅れて教室に入って来て、前と横の席に着席。

緩く挨拶をしてたら、インテリヤクザな担任カイル先生とテイルスミヤ長官が入って来た。

皆が席に着くと、

「おう、揉《も》めることもなく着席してて、このクラスは優秀だな！」

「そうですね、他のクラスは朝からずっと揉めてますからね」

「なんでわざわざ揉める必要があんのかねー。さっさと決めりゃーいいのに、揉めるくらいなら同じ席に座りゃーいいだろ？」

「教室のどこに座るかで、面子が左右されると勘違いする生徒は、まだ多くいますからね」

「そんなん気にするくれーなら、成績上げて上のクラスでデカイ顔すりゃいいのに」

「たいがいそういう生徒は、面子は大事ですが努力は嫌いなんですよ」

「しょーもな！」

盛大に愚痴り始めた。

「せんせー、俺たちに関係ないことで、愚痴られても困りまーす」

ディーグリーが言えば、

「ああ、そうだな、悪かったよ。んじゃ、後期の予定だが、毎年後期は座学がほとんどだったが、今年からはちょいちょい実技も織り混ぜての授業になる」

「具体的にはー？」

「具体的には、魔法の授業が座学半分実技半分になります」

テイルスミア長官が、軽く握り拳を作りながら言うと、

「魔法の実技ですか？」

名前を知らない令嬢が訊ねた。

「ええ、皆さんの習った魔法の理論には、抜けがあったことが発覚しまして。幼年学園では至急教科書の改訂を行い、抜けのある理論で魔法を使い続けている高等学園の生徒には、実践も込みで学習し直してもらいます」

「抜けってなんですか？」

やはり名前を知らない男子生徒が聞けば、

「まず、皆さんも幼い頃から馴染《なじ》みのある魔力錬成の玉での色変えですが、あの色変えの練習によって、その後の魔法のコントロールと威力に大きな差が出ます」

そこまで聞くと、教室がザワッとした。

「そして、魔法の発動には明確なイメージが重要であるのはご存じでしょうが、皆さんがイメージする時に参考にするのが、たいがい身近な親や教師、友人などであるため、魔法の威力に差が出ます。その発想を補うのが、魔力錬成の玉に魔力を込める時の、量や質のコントロールなのです」

シンとなる教室。

今までの授業では、魔力錬成の玉がそこまで重要なアイテムとは認識されてなかったので、皆がただ驚いている。

子供の頃から持たされる、玩具の1つという認識だったためだ。

「それは、確かに重大な抜けですわね。それで、テイルスミア先生が仰るように訓練をし直せば、誰でも威力の向上はできるのですか？」

イライザ嬢の質問に、生徒の目の色が変わる。

さすがSクラスに入る生徒は向上心が半端ない。

「はい、それは既に検証され立証されております。威力の向上やコントロールに年齢や性別は関係ありません」

テイルスミア長官の答えに、皆の目がギラギラする。

「あー、まぁそういうことで、魔法の授業は実践も多くなる。他の教科は昨年と変わらず座学中心になるがな。あとはー、お前らには直接関係はないが、Fクラスに後期から特別に編入生が入った。彼女は魔力はかなり低いが、精霊付きでまだ制御が不安定だから、不用意に刺激しないように注意しとけー」

「せんせー、その精霊付きの彼女は、どうやって見分けたらいいですかー？」

ディーグリーの質問にはテイルスミア長官が答えた。

「精霊付きの生徒には、右腕に腕章を着けてもらっています。精霊の姿はボンヤリとした輪郭くらいは見える人もいるかもしれませんが、不用意に近づいては危険な場合もありますので注意してくださいね」

「「「はーい」」」

何人かのよい子の返事に場が和《なご》み、本日は解散。

廊下を寮部屋に向かって歩いていると、他の教室の騒ぎが耳に入る。

カイル先生が言ったように、席順で揉めてる。

階段付近にあるFクラスも同様に揉めている様子。

以前の二股女の時のような、怒鳴り声は聞こえないが、ずっとザワザワしてる。

ディーグリーは噂の精霊付きが気になるのか、ちょっと覗《のぞ》こうとしてユーグラムに止められている。

「しぇーりぇーちゅきって、めじゅらちーの？（精霊付きって、珍しいの？）」

素朴な疑問を投げてみると、

「そうですね。精霊付き自体が珍しいこともありますし、精霊付きであることに気付くことも珍しいですね」

ユーグラムが答えてくれた。

「ふちゅーはきづゅかにゃい？（普通は気付かない？）」

「そうですね。精霊は目に見えないので、普通は気付かないようですね」

「んじゃーしぇーりぇーて、にゃんでしとにちゅくの？（じゃあ精霊って、なんで人に付くの？）」

「精霊が人に付く理由は、分かっていないのですよ。ただ、稀《まれ》に精霊と意志疎通のできる人がいるらしく、そういう人は精霊の力を借りて、絶大な力を発揮することもあるそうです」

「ふぇー、よーしぇーとはにゃにがちぎゃうのー？（へー、妖精とは何が違うの？）」

「妖精族は、実体があります。隠れたり姿を消す魔法が得意なので、あまり人の前には出てきませんが。それに比べて精霊は、実体を持たない力の塊のような存在と考えられていますね。今までに精霊付きになったうえに、その力を引き出せた人は過去に数人しか記録されていないので、本当のところは分かりませんが」

「んーじゃー、しぇーじゅーは？（んじゃ、聖獣は？）」

「聖獣は、神の代弁者とも言われ、絶大な力を持ち、神の意志に反したものを裁くのが役目とされています。その姿を見たものはなく、空想上の生き物と考えている者も多くいます」

空想上の生き物だそうですよ、俺？

ユーグラムの説明に、複雑な顔で俺を撫でるアールスハイン。

そうね、今空想上の生き物抱っこしてるしね！　まぁ、俺は俺なので、気にしないことにしよう。

「それで、このあとどうする～？　訓練所借りるのも時間が半端だし、街にでも行って昼ご飯食べる？　祭りのついでに今月いっぱいは出店も多いから、珍しい物が食べられるかもよ？」

「まちゅり？」

「ああ、ケータ様はお城にいたから知らないか。新年のお祝いで毎年1月の前半はお祭りがあるんだよ。んで、地方から出てきた商人なんかは、今月いっぱいは王都で荷物がなくなるまで商売してから帰るから、普段は王都では見られない変わった物も売られてて、賑やかなんだよ」

「ふぇー、ハインみちゃことありゅ？（ふぇー、ハイン見たことある？）」

「いや、新年の祭りは行ったことがないな」

「いっちぇみよーよ！（行ってみよーよ！）」

「ああ、行ってみるか」

「じゃー決まり！　街に行こ～！」

「おー！」

街にはまだ2回しか来たことがないが、通常よりも人が多いのはなんとなく分かる。

前回来た時はなかった多くの露店が並び、大声での呼び込みに、さまざまな匂い、皆が笑顔で食べ歩く姿に、前世の祭りを思い出した。

世界が変わっても、祭りの雰囲気は変わらないようだ。

ワイワイと賑やかな通りを、露店を覗きながら歩く。

露店は肉の串焼きが多いがおのおのオリジナルの味付けをしているらしく、どの店もおのおのの匂いがする。

とてもいい匂いに食欲を刺激されて、皆は好みの露店で肉の串焼きを買い食べながら歩いているが、俺は一口も食ってない。

アールスハインは歩きながら食べる行為に驚いていたが、すぐに慣れて今もモグモグしてるけど、皆が食べてる肉が、漏れなく硬そうで、食える気がしない。

表情を見ても、味もいまいちそう。

「うーん、匂いはよかったんだけどねー、肉が硬い臭いで味がビミョー」

「そうなんですよね。ディーグリーの紹介でラバー商会の肉屋で購入した肉を食べてから、街での食事に満足できなくなりました」

「そ〜なんだよね〜。硬さはともかく、この臭みはどんな香辛料で誤魔化《ごまか》しても、気になっちゃうんだよね〜」

「ええ、口が贅沢《ぜいたく》になってしまって、この肉を手に入れるために、若い神官が盛んに狩りに出掛け始めました」

「処理の仕方は大丈夫？」

「ええ、肉屋の見習いが神官の友人らしく、教会の内部だけならと、処理の仕方を教えてくださいまして、教会の食事担当が張り切ってます」

「うちの肉屋も連日大盛況で、肉の仕入れが全然間に合わないって言ってた～。知り合いの冒険者に倍額で依頼出しても追い付かないって～」

「でぃーぐでぃー、けーたたちのにきゅはらいじょーぶ？」

「そこは当然最優先で確保してます！　ただ、このまま肉の仕入れが増えなければ、近いうちに足りなくなるかもしれないけど～」

「んーじゃー、またかりいきゃないとらな！（んじゃぁまた狩り行かないとな！）」

「お、ケータ様、分かってる～！　自分たちの食いぶちは確保しないとね！　でも新学期始まったばっかりだから、しばらくは無理かな～？　近場の肉は美味しいけど、まだ持ってるのがあるしね～。午後は訓練でもしようよ～」

「しょ～なない」

「ハハ、ならケータもここで腹を満たさないとな！　まだ何も食ってないだろう？　あの辺の芋ならケータでも食えるんじゃないか？」

アールスハインが勧めてきたのは、大鍋で焼かれた白く巨大なさつま芋のような形の芋。

近寄って見ると、微かに甘い匂い。

さすがに芋なら硬くはないだろうと、

「いっこくらしゃい」

表示されてる金額を差し出すと、

「あいよー。あら可愛いお客さんだこと！　可愛い子にはサービスしとくからね！」

縦にも横にも大きなおばちゃんが、バチンとウインク付きで渡された巨大芋。

「ありあーとう！」

お礼は言ったけど、とても食いきれる量ではない。葉っぱにくるまれて渡されたそれを、アールスハインが受け取って、３分の１を渡される。それでもデカイ。

まずは一口。

ホックホクに焼かれた芋は仄《ほの》かに甘く、シットリと柔らかい。

味は甘味の少ないさつま芋。

この世界に来て、初めて俺でも柔らかいと思える食べ物！　それだけで美味く感じる！

「んまいね〜」

ニコニコになるのは仕方ない。

「そうだろー、うちの芋は父ちゃん自慢の秘密の肥料を使ってるから、他と違って甘いんだよ！」

おばちゃんが自慢げに満面の笑顔で応える。

ディーグリーとユーグラムも興味を持ったのか、アールスハインから少し分けてもらって一口。

「あー、確かに甘いかも！　これは芋だけでも売ってもらえるの？」

「それは構わないけど、今はそんなに持ってないよ？　村まで来てもらえればいくらでも売るけどね！」

「そっかー、んじゃ行商担当の人に言っとくね～」

早速村の場所と名前を聞いてメモするディーグリー。さすが大商会の息子。

俺たちの会話を聞いていたのか、周りの人も芋を買うために並び始めた。

邪魔にならないようにその場をあとにして、芋を食うために道の端に寄る。

花壇の段差に腰かけたところで、マジックバッグからバターを出し、ホックホクの芋にのせて溶け出したところをパク。

「んふー」

と満足げに息をつくと、ディーグリーに芋を差し出される。

バターをのっけてやると一口。

「んんんーー！　ケータ様、天才！　さらに美味くなった！　俺、もう1個買ってくる！」

と言って走って行った。

アールスハインとユーグラムにもバターをのっけてやりましたよ！

「ああ、確かにさらに美味くなった！　バターの塩気が甘味を引き出す感じだな！」

「ええ、バターをのせただけで高級感が出ますね！　今までもサーイモは食べたことがありましたが、これは別物ですね！」

さつま芋はサーイモって名前らしいです。

元女神の仕業なのか、野菜なんかは前世の名前で呼んでも通じそうな名前が多い。

この世界特有の物は無理だが、似たような物はなんとなく通じるようだ。

1個目の芋を食べ終わる頃、ディーグリーがさらに芋を7個も買ってきて、そんなにいらないとユーグラムに怒られてた。

まあ、俺のマジックバッグに入れとけば、いつでもホックホクで食えるけどね！

ディーグリーは2個だけ味見用に持って、あとは俺に預けてきた。

芋のお陰でお腹も満たされ、あとは街をブラブラ見て回ることにした。

食べ物を扱う露店の通りを抜けて、今度は道具類の並ぶ通りへ。

食器、調理器具、農機具、武器、アクセサリー、布類、金具類、雑貨類。いろいろな露店が並ぶ。

調理器具をちょっと見たが、俺が使える物はなかった。

ステンレスやアルミのない世界、鉄の鍋や釜は持ち上げられません。

武器屋に売ってる包丁も、中華包丁と同じくらいの幅《はば》で柳刃包丁くらい長い。

普通に武器。

雑多に並ぶ店の、アールスハインは武器に、ディーグリーはアクセサリーに、ユーグラムは本におのおの反応したが、購入するほどではなかった。

何気なく目を向けた先に見付けたのは、黒いウニョウニョ。

気になって凝視してたら、

「ケータどうした？　何か気になる物でも見付けたか？」

「んーあしゅこに、ウニョウニョいりゅねー（んーあそこに、ウニョウニョいるねー）」

「…………ウニョウニョって呪いのことか？」

「しょー」

俺の指差す方に近寄っていくアールスハイン。

近づくと、ウニョウニョは店の複数の商品から出ていた。

一見雑貨屋に見える店は、しかし何に使うのか全く分からない品も多く並んでいる。

「すいませ～ん、ここって何屋さんですか～？」

「ああ、いらっしゃい。ここは中古の魔道具屋ですよ。少々危ない商品もあるんで、触る前に声をかけてくださいね」

黒いローブを着た年齢不詳の男の人が、柔らかい声で説明してくれる。

「へー、中古の魔道具。少々危ないと言うのは、呪われているからか？」

「ええ、これとかこれとかそれとかは呪われてるんで、勝手に触らないでくださいね」

「ええー！　呪われてる品を売っちゃうの？　それって大丈夫なんですか？」

「呪いと言ってもいろいろあって、ここの品物は命に関わるような怖いのはないですよ。これなんかは、直接身に付けると2日ほど体が痒《かゆ》くなる呪い、こっちは1週間ほど運が悪くなる呪い」

「呪いって言うより、いたずらグッズ？」

「ハハ、まぁそんなもんです。もともとはちゃんとした魔道具だったのが、無理な改造をしようとしたり、長年間違った使い方をされてるうちに、変な呪いがかかってしまったりね」

「そんなの売れるの〜？」

「意外に思われるかもしれませんが、売れるんですねー。浮気男に嫌がらせをしたり、気に入らない上司にこっそり仕掛けたり。あとはちゃんと呪いを解呪できれば、元の機能が戻ったりしますんでね」

「へー、それなら例えば、この痒くなるメダルの元の機能は？」

「これは大人の男が抱えられるくらいの荷物を３つ分収納できる魔道具ですね」

「ええ！　それってすごい物じゃん！　それをこんな値段で売っちゃっていいの？」

「これはですねー、呪いにかかってた期間が長いもんで、枢機卿様クラスでないと解呪に成功しないいんですよー。下手に解呪しようとすると、なぜかさらに痒みが増すってゆーね！」

「ぶふっ、何その面白機能！」

「ええ、もはや笑いを誘うアイテムですね。なんでこの値段なんですよ。他も同じようなもんです」

「なるほどー。んー、でも収納アイテムは魅力的だなー。買って試してみたくなる値段でもあるしなー」

と言いながら、ディーグリーがこちらをチラチラ見てくるので、ＯＫサインを送ると、

「これ買います！」

と言って、他の呪いのアイテムのもともとの機能を聞き出した。

結果、1週間不運になるベルトのバックルは、剣のみ30本収納できるアイテム、他にも身に付けると、ひと月笑いが止まらないブレスレットが紙類のみ狭い部屋いっぱい分収納できるアイテムだったりで、それらを買って帰った。

なぜ収納アイテムが多いかと言えば、ダンジョンの宝箱から出たそのアイテムを、なんとか拡張しようとしたり、個人所有の登録ができないかと試した結果らしい。

マジックバッグは貴重なので改良しようとする人は滅多にいないが、限定的な機能の付いたマジックアイテムは使わない人からしたら、ちょっと自分に都合のいいアイテムに変えられないか試してみたくなるらしい。

昔、有名な冒険者が試して成功し、それを大層自慢して回ったもんだから、自分も！　って人が多く現れ、一時期ブームになったそうだ。

結果、呪いのアイテムに変化しちゃって大損。

今は誰もやらないが、ブームだった頃のアイテムが呪いアイテム化して、いまだに多く残っているそうだ。

一旦露店から路地に入り、チョチョイと解呪。

ユーグラムは一度自分で解呪の魔法を使ってみたが、途端に無表情で爆笑し出して、ものすごく怖かったので速攻で解呪したよ！

ディーグリーは、一度呪いの効果を試してから解呪してほしいそうです。

誰に仕掛けるつもりやら、ニシシと笑う顔がひどく楽しげだった。

また露店を回り、ブラブラと。

呪いのアイテムなんていう面白アイテムを扱っている店が他に2軒あったので、話を聞いていくつか購入。

他は、アールスハインが双子王子用に軽くて危なくない模造剣を買って、ユーグラムが書籍を何冊か、ディーグリーは綺麗な布を何巻きか、俺は調味料を大量買いしました。

カフェで休憩して、学園へ帰った。


午後は訓練所を借りて魔法の訓練。

お城でもやってたように、人形相手に魔法を剣から撃ち出す練習。

ユーグラムはもともと撃ち出すのは得意なので、鉄パイプでの戦い方の訓練。

リモコンを操作すると、肉弾戦対応の人形が出てくる。

白くのっぺりしてるのに、ちょっとマッチョなのが嫌。

俺は、素早くて小さい蝶々みたいな人形に、追尾型の魔法を撃ち込んでは破壊、それを修理してってのを繰り返してる。

魔改造して蝶々は蜂になった。

素早さも格段に上がった。

あとは修理待ちの人形を直して、ちょっと丈夫にしといた。

なぜかキャベンディッシュと元生徒会長に顔が似てて、ニシャシャシャシャって笑うのは気のせい。もともと顔がなかったのに、なぜか似てるのは気のせい。

アールスハインはお城でも訓練してたので、なかなか上手。

ディーグリーは短剣両手持ちなので、咄嗟《とっさ》に利き腕でしか攻撃できないのが弱点。

ユーグラムは鉄パイプに振り回され気味。

修理する人形もなくなったので、暇になった俺は前から試してみたかったことを。

この世界には、肉体強化の魔法がない。

それでも体内にある魔力を、自分の意志で動かすことはできるので、できないことはないと思う。

久々に四男秀太が脳内で、兄ちゃんならできるよ！　と笑顔で勧めてくる。

兄ちゃん頑張るよ！　暇だし！

普段、緩やかに巡っている体内の魔力の流れを、意識して早める。

ホカホカと体温が上がってきたところで、魔力を筋肉に流し強化するイメージ。

その場で軽くジャンプ。

普段よりは少し高く飛べました。

もう少し筋肉の強化、ジャンプ。

アールスハインの身長くらい飛べました！　成功成功。

次に力を調べます。

さっきまで修理していた人形のパーツ、指2本分を握る。力を込めるとミシミシ音が鳴ります。普段よりはだいぶ力が強くなった模様。

ですが、まだまだです！

さらに筋肉を強化。

パキャッと音がして、人形の指2本が破壊されました。成功成功。

今度は走ってみましょう！　普段ならちょっと走るとすぐに転ぶけど、筋力アップしてれば転ばない、はず！

よーいドン！

たったか走れます！　調子に乗ってジャンプして、側転して、バク転バク宙。

「ヒャハハハハハハ！」

調子に乗って走り回り跳ね回っていたら、いつの間に来たのか、インテリヤクザなカイル先生に首根っこを掴まれ捕獲されました。

正面には、イ〜イ笑顔のテイルスミヤ長官。

「ケー、タ、さ、ま？」

怖いです！　笑顔が怖いです！

「ケータ様は、今朝まで走ろうとしてはよく転けてましたねー？　不思議ですねー？　子供の成長は早いと言いますが、ここまで劇的に早くなるものでしょうか？」

「おい、早いとこ吐いとけ！　こいつ、しつこいうえに根に持つぞ！」

インテリヤクザなカイル先生にまで、呆《あき》れた目を向けられています。

ふぅ、と一つ息をつき、

「にきゅたーきょーかれしゅ！（肉体強化です！）」

ドヤ顔で答えてやりました！

「『にきゅたーきょーか？』」

大人2人の不思議顔。

「にきゅたい、うぉー、きょーかしりゅの！（肉体、を、強化するの！）」

俺の言葉が通じたのはカイル先生の方。

「肉体を強化する？」

「ええ！　そんなことが可能なのですか？」

テイルスミヤ長官は考えたこともない方法なのか、ただただ驚いている。

「きーにきゅに、まーりょくをにゃがしゅと、でちるよ？（筋肉に、魔力を流すと、できるよ？）」

「筋肉に魔力を流す？」

「しょー、ちゅよくにゃれーって！（そー、強くなれーって！）」

インテリヤクザなカイル先生は俺の言葉を聞くと、俺を下ろして少し離れたところで、体内の魔力をゆっくりと動かし始めた。

だが、なかなかスムーズには動かせないらしい。

腹の辺りでグルグルしてる感じ。

少し離れた隣では、テイルスミヤ長官も体内に魔力を流し始めた。

テイルスミヤ長官の方が魔力を上手に流せているが、胴体部分のみで回ってる感じ。

「あちゃまかりゃ、あちのしゃきまでぐるぐるよー（頭から、足の先までグルグルよー）」

「頭から足先までですか、これはなかなか上手くいきませんね」

しばらく奮闘した２人は、胴体部分以上に魔力を流せない様子。

「けちゅえきがー、にゃがりぇりゅよーにー、やりゅといーよー（血液が、流れるように、やるといいよー）」

アドバイスしたのに、通じてない様子。

「ケータ様、けちゅえきとはなんですか？」

そもそも血液を知らない。

「けちゅえきはー、ちーのこちょー、んで、ちーがにゃがれるよーにー、まーりょくにゃがすといーよ（血液は、血のこと、んで、血が流れるように、魔力を流すといいよ）」

「血が流れるように魔力を流す？」

治癒魔法の時に治癒担当の教師には話したが、テイルスミヤ長官はいなかったかな？

修理用の人形のパーツを取り出し、断面を見せる。

「こりぇがほにぇー、こりぇがちんけー、こりぇがけっきゃん、こりぇがちんにきゅー、こりぇがふぃふー（これが骨、これが神経、これが血管、これが筋肉、これが皮膚）」

一つ一つ指差して教えていると、後ろからクツクツ笑い声。

振り向くと助とシェルが。笑ってるのは助。

シェルは部位の名前を知らないから、笑いようがない。

「たしゅきゅーしぇちゅめー！」

「あーはいはい、今度は何やってんだ？」

「にきゅたーきょーか！（肉体強化！）」

言ってその場でジャンプして見せれば、助の目の色も変わる。

「できるのか？」

「きょーりょくちろよ？（協力しろよ？）」

「了解！」

笑顔で了解したので、説明は助に丸投げ。

助が人形の部位とその働きを説明すれば、自分の体にそのような機能があったなんて！　と驚いている面々。

助が説明を始めると、アールスハインたちも集まって来て一緒に聞き出した。

体中を巡る血液の話をして、それに乗せるように魔力を循環させる、と一通り説明。

助は理屈を理解しているので、すぐに体内の隅々まで魔力を巡らせることに成功。

体が温かくなってきたのか、軽く汗をかき出した。

そしてさらに筋肉に魔力を流し、強化を行う。

強くしなやかな筋肉をイメージして、体中の筋肉を強化。

その場でジャンプさせれば、アールスハインの身長を軽く超えるくらい跳んだ。

それを見て、俄然やる気になるメンバー。

あれ、これは魔法剣の時と同じやつか？　と思ったが、まあ、強くなるぶんにはいいかと流した。

早々に習得した助と、訓練所を走り回る。

久々の全力疾走に、テンションがおかしくなる。つられて助もハイテンションに。

「「ナハハハハハハハ！」」

2人して大笑いしながら走り回り、跳ね回る。

前世では体験したことのない体の軽さ、頑丈さに笑いが止まらない。

助の頭上をバク宙で跳び越えて、壁を横走りし、しばらくバカみたいに笑いながら走り回り、気が済んだので皆のところに戻った。

皆を見ると、なぜか胴体部分で高速回転させているテイルスミヤ長官、ユーグラムはゆーーーっくりと肘や膝の辺りまで流れている。

他は似たようなもので、胴体部分でゆっくり回ってる。

仕方ないので、ペンと紙を出して大まかな人体の絵を書き、大雑把《おおざっぱ》に血管を描いていく。

そこに色違いのペンで筋肉を書いて、助に説明させる。

食い入るように図を見て、さらに訓練。

段々手足の方に魔力が流れていく。

上手く魔力が巡ってくると、ホカホカと体温が上がると説明すれば、自分の手足を確かめて、徐々に爪先まで魔力を流すことができるようになってきた。

肉体強化は、普段使わない筋肉を魔力に任せて無理矢理強化するので、使ったあとはすごい筋肉痛になることが判明。

前世の四十代の体だったら2日後くらいに来る筋肉痛が、直後に来た！

助と2人、いたたたたと呻《うめ》いていると、皆に笑われた。

助は痛がりながらも自分で歩くしかないが、俺は抱っこされて食堂へ。

先生2人とは途中で別れ、いつもの席に座り注文を済ませボンヤリしていると、食堂中央で騒ぎが。

そちらに目を向ければ、キャベンディッシュと元会長が1人の女生徒を挟んで睨み合っている。

間にいるのは別人だけど、前にも見た光景だ。

一気に興味が失《う》せた。

それは周りも同じなのか、特に騒ぎもせずに遠巻きに眺めるだけである。

間に挟まれた女生徒は周りの状況が少しは見えているのかオロオロしているが、キャベンデイッシュと元会長はお構いなしに睨み合っている。

さっさと離れちゃえばいいのにオロオロとしているだけで、２人を止めるでもなくその場に留まっているので、誰も助けようとしない。

給仕さんが食事を運んでくれたので、いただきます。

久々に食べた食堂のお子様ランチは以前よりは多少肉が柔らかくなって、俺の歯でもなんとか噛みきれた。

完食は無理だったけど！

あとは部屋に戻って、風呂に入っているうちに寝落ちしました。

◆◇◆◇◆

おはようございます。

今日の天気も晴れです。

昨日は筋肉痛で大変な目にあいましたが、一晩寝たら完全に治りました！

すげぇ！　若い、幼い体って回復力も半端ねぇ！

感動に震えながら、準備体操と発声練習をこなし、シェルに着替えさせてもらい、食堂へ。

ユーグラムとディーグリー、助とも合流。

おのおのに挨拶して、注文を済ませ、

「たしゅきゅー、ちんにくちゅーどうよ？（助、筋肉痛どうよ？）」

「あー、まぁまぁだなー。まだちっと引きつる感じはあるけど、動けないほどじゃない。そっちはどうよ？」

「じぇんじぇんへーき！　しとばんでー、かんじぇんふっかちゅ！（全然平気！　一晩で完全復活！）」

「おー、そりゃすげぇー！　さすが子供の体、回復力も半端ねぇ」

「なー、ちんにくちゅーが、いちーちでにゃおりゅなんてー！（なー、筋肉痛が、1日で治るなんて！）」

「前の体なら1週間は違和感あったもんなー」

「「ナハハハハハハ！」」

中身オッサンな会話をしてると給仕さんが料理を運んでくれたので、朝食を食べ、シェルと助と別れ教室へ。

今日から始まる後期授業はほぼ座学なので、俺はどうやって暇を潰そう？

アールスハインの机の横で、ハクをクッションにしながら考える。

俺の存在は、学園内では多くの人に知られるようにはなってきたが、俺はアールスハインに好意を寄せて付いている妖精族って設定なので、ほいほい1人で出歩くと、俺を捕獲しようとする人が出てくるのでダメだし、授業は興味がないし、魔法は、何かするとすぐ大騒ぎになるし。

考えごとをしながら、何気なくマジックバッグを漁《あさ》っていると、昨日買った呪いの魔道具を発見。

取り出してみると、コンパクト型で四角い鏡が2つ付いた魔道具。鏡部分から小さなウニョウニョ。

指先に聖魔法をまとわせ、ウニョウニョを引っ張り出して解呪。

解呪された鏡は、鏡面が綺麗になってとても見やすくなったが、さて、これはなんの道具でしょう？　と鏡を見ていると、普段存在を完全に忘れてた鑑定眼が、（通信魔道具・離れた人と会話できるぞ！　でももう1台ないとダメ！　残念！）と出た。

鏡の部分に相手の姿も写せ、同時に2人と会話ができる仕様。

なんでこの世界は、ちょいちょいハイテクが出てくるのだろう？　元女神の変な拘《こだわ》りだろうか？

それなら、もう少し食事情をなんとかしとけよ！　と言いたい。

取りあえず、試しに鏡に魔力を流してみると、ヴンと音がして鏡部分に文字が浮かび、もともとこの鏡に登録されていたらしい誰かの名前らしきものが出てきた。

当然知らん名前ばかりなので、画面端にある「消去」を触ってみると、全消去完了。

操作方法はスマホに似てた。

まあ、これは通話相手がいないので保留。

次は、何個かの指輪。

デザインは、パンク系なゴツ目のシルバーアクセって感じ。格闘家をしていた次男の英太が好みそう。

これもポイポイウニョウニョを引っこ抜いて解呪。

もともとの性能は、5個あるうちの4個が1回だけ巨大魔法を回避する、という恐ろしい性能。

なぜこんな貴重な性能の魔道具を、改造しようとしたのか理解不能。

残り1個は呪いの完全防御。これもなかなかの性能。王様とかに持たせたらいいんじゃない？

次は、長い紐《ひも》。何かの革でできた紐。

これも魔道具らしく、もともとの性能は魔力を込めて捕縛したい対象に投げると、動きと魔法を封じてくれる優れ物。

次は、巾着《きんちゃく》袋。

もともとの性能は、液体のみプール1杯分くらい入る収納。

次は、白紙のミッチリ入った薄い鞄。

もともとの性能は、契約書。契約書に書かれた内容を一方的に破ったら、相手に契約書に書かれた罰則を自動で遂行してくれる、っていうある意味呪いの魔道具。宰相さんとかにいいかも？

次は、前世にあった茶箱のような木箱。

もともとの性能は、中に入れた食物が冷えて長持ちする収納。内容量は荷馬車1台分。冷蔵庫？　クーラーボックス？

次は、布を丸めて革のベルトで縛った物。

もともとの性能は、魔物避けの付いたテント。広げると3部屋とリビング、風呂トイレ付き。

次は、アールスハインがスッポリ入るくらいの袋。素材はビニールっぽい？

もともとの性能は、完全に気配を絶ち、一定時間魔物を寄せ付けないというもの。魔法防御付き。絶体絶命の時にお役立ち？

最後に、学生鞄くらいの正方形の箱。革でもなく、木でもなく、プラスチックっぽい箱。

もともとの性能は、必要な素材を入れると、自動で回復薬を作ってくれる不思議箱。

ディーグリーが面白がって買った呪いの魔道具を全て解呪して、もともとの性能を鑑定。

どれもこれも結構な高性能の品の数々。

呪いがなければ、結構な値段で売れただろうに。

まぁ、今からでも売れるだろうし、使える物は使えばいいし。

それにしても、出した魔道具全てに、判子《はんこ》のような焼き印のような印が付いているのはなんなのか？　円の中に模様のような文字のようなのがあるが、四男秀太が言ってた魔法陣というやつか？

あと大きさはバラバラだが、宝石も付いている。

鑑定してみると（魔石・魔物からたまに取れるよ！　脳みそか心臓にあるよ！）って出た。

魔物の脳みそ又は心臓を裂けと？　グロくない？

そんなことを思いながら片付けていると、午前中の授業終了。

アールスハインに抱っこされ食堂へ。

ほどよく混んだ食堂の定位置になっている端の席に座り、注文。

「ね～ね～、ケータ様。午前中は熱心に何やってたの～？」

休み時間も気付かずに、魔道具に夢中になってて声をかけづらかったと言われた。

「ちのーかった、まーどーぐにょ、かいじゅーとかんてー（昨日買った、魔道具の、解呪と鑑定）」

「ああ！　昨日の面白グッズ！　それで、どうだった？　掘り出し物あった？」

「じぇんぶーほりだちもにょよー（全部掘り出し物よ）」

「ええ！　ホントに！　魔道具屋さんはクズも多いって言ってたけど？」

あまり食事前に広げるのも悪いので、指輪を5個出して、

「こにょよっちゅがー、いっきゃいらけだいまほーふしぇぐやちゅ、こにょいっこがー、にょりょいのかんじぇんぼーぎょ、ちゅいてたよ！（この4つが、1回だけ大魔法防ぐやつ、この1個が、呪いの完全防御、付いてたよ！）」

「大魔法を1回でも防げる魔道具に、呪いの完全防御!?　何、その性能、ヤバくない！」

「ええ、かなりヤバい性能ですね」

「それを俺たちはあんな値段で買ってしまったのか？」

3人が若干汗をかいている。

「まぁ、値段のことは、ケータ様が解呪しなければ、ただのイタズラグッズだったわけだし、気にしなくていいと思うんですけど～。店主さんの話では、ここまで恐ろしい性能があるって言ってなかったような？」

「ええ。私も聞いてましたが、解呪できれば儲《もう》けものくらいの軽い感じでしたね」

「それってさ～、もともとは本当にヤバいくらいの性能があったのに、使われていくうちに呪

いが重なって、本来の性能が分からなくなった、とか～？」

「…………そうかもしれませんね。神官によって解呪の能力はまちまちですし、重なった呪いの何層かだけを解呪しても、完全には解呪できない場合もあるかもしれません」

「それをケータ様が、完全に解呪してしまった、と！」

「そして本来の性能を露にしてしまった、ということですね！」

アールスハインが、あー、みたいな目で見てくる。

「ケータわりゅくないよ？」

「ええ、ケータ様は何も悪くないどころか、素晴らしい能力です！」

ユーグラムに褒められた。

アールスハインとディーグリーも、しょうがないみたいな顔で笑ってるし、まぁいいだろう。

他にもまだあるし。

食事が運ばれてきたので、食べて、教室へ。


教室に戻ったので、他の品々を出して説明してみた。

若干汗をかいて、顔が引きつっているが、俺のせいではありません。

「ま、まーまー、想定外ではありますが、大変貴重な魔道具を手に入れられたわけですし！」

ディーグリーのキャラが壊れ気味、大丈夫？

「あー、まぁそうだな。で？　欲しい魔道具はどれだ？」

アールスハインがちょっと意地悪な顔で聞けば、

「いやいやいやいやいや！　こんな性能の魔道具持ってるの怖いです！　お城に献上します！」

「賛成します。私たちが持っていても無駄に狙われるだけです」

「ギリギリ大丈夫そうな紐は使い道がないし、巾着も水分のみだと使い方が微妙だし～」

「…………そうか、確かに性能がよすぎて持て余すだけかもな」

「そ～ですよ～。卒業後に冒険者にでもなるなら別ですが、今のところ使い道がないです！

でもちょっと他の呪いの魔道具の性能も、気になり出したんですけど～」

「今週末までは王都で店を出すと言ってましたしね」

「……週末にもう一度行ってみるか？」

「「はい！」」

「ってことで、この品物は、ケータがしばらく預かってくれ」

「あーい」

週末は、さらに呪いの魔道具を探しに行くそうです。

◆◇◆◇◆

おはようございます。

今日の天気は薄曇りです。

あれから話し合って、取りあえず呪いの魔道具は、性能を聞いた王様が週末のクレモアナ姫様とイングリードの婚約者との顔合わせよりも優先することを許可してくれたので、見付け次第買い漁ることに決まり、週末の今日までは平和に過ごしてました。

店舗を構えてる人ばかりじゃないので、今月中に集めないと次にいつ見付けられるか分からないからね！

放課後に肉体強化の訓練をしたけど、結果はいまいち。

一通り使えるようになるまでは、お城への報告は保留しています。

自分が使えないのに説明は難しい、とテイルスミヤ長官が言ってたからね。

なので休みの今日は、魔道具を手に入れるために街に来ています。

前回と同じ場所に、同じ格好の店主さんがいて、前回とは違う魔道具を売ってました。

「あれ、いらっしゃい。先週はたくさん買ってくれてありがとう。それで、今日も買いに来てくれたんで？」

「こんちわ〜！　そうなんだよ、魔道具の面白さに嵌まっちゃってね！」

ディーグリーの軽い返しに、店主はイタズラの成果に満足してる子供に向ける笑顔で、

「ほどほどにねー。あと相手は選んでくださいねー、逆恨《さかうら》みとかは勘弁ですよ」

とか言ってた。

むしろその本来の性能が気になるとは言わない。

店頭に並ぶ商品の、呪われている物だけを指差すと、ディーグリーが調子よく効果を聞いていく。

何歩かに1回転ける
大きなクシャミが止まらなくなる
緊張するとオナラが出る
右肩だけが上がらなくなる
1日5回、突然走り出す
半日腰が抜ける

そんなイタズラ効果の品々を買った。

本来の性能は聞かない。

完全に解呪してしまうと、性能が変わってしまうこともあるからだ。

他の店にも寄って、最終的に30個ほどの魔道具を買った。

お支払いは今回は全部アールスハイン。

買い取り額はディーグリーがメモしてるので、解呪後に自分たちで持っても大丈夫な物は、買い取り額でアールスハインから買う予定。

ヤバい性能の物はお城行き。

どの店も、滅多に売れない呪いの魔道具を全部買っていく俺たちに不思議そうな顔をしていたが、アールスハインの高貴オーラとか、ユーグラムの上品さとか、ディーグリーのヤンチャ顔、シェルの従者然とした立ち位置、助の周りを警戒する姿とかに、金持ち貴族の坊っちゃんの道楽と思われた様子。

アールスハインにずっと抱っこされてた俺は途中で買ってもらった芋を食ってたので、弟くらいに思われたのかスルー。

カフェで昼ご飯を食べて学園へ。

テイルスミヤ長官の部屋へ。

先週買った呪いの魔道具の解呪後の結果を見せたらすごく食い付いてきて、今週も行くって話をしたら、ぜひ見せてください！　って言われたので、んじゃ解呪をテイルスミヤ先生の部屋でしていい？　ってディーグリーが交渉しました。

下手に人に見られるところじゃできないからね！


部屋に着くと、食後のお茶を飲むインテリヤクザなカイル先生が1人。

「あれ〜。テイルスミヤ先生の部屋なのに、カイル先生がくつろいでる〜？」

「あれは今便所に行ってる。んで？　今度はお前ら何やらかした？」

「心外で〜す。やらかしてるのはケータ様で、俺たちは〜、巻き込まれ？」

「こんきゃいはけーたわりゅくにゃいよ！（今回はケータ悪くないよ！）」

「ま〜そ〜だけど、やらかしてはいるよね？」

「ぶーぶー」

「ああ、皆さん、お待たせしてしまいましたか？」

テイルスミヤ長官が部屋に戻ってきた。

「それじゃあ早速」

とディーグリーに言われて、買ってきた魔道具を取り出し机に並べる。

ずいぶん前に神様にもらった破邪《はじゃ》の眼っていうのが、最近になってやっと馴染んできたのか、アールスハイン、テイルスミヤ長官、助の目には机に並べられた呪いの魔道具が、ボンヤリと黒く蠢《うごめ》いているように見えるらしい。

「ああ、確かに呪われていますね。ケータ様、早速解呪をお願いできますか？」

「あーい」

サクッとね！　そんなに強い呪いではないので、バリアで包んで中に聖魔法を満たすと、すぐにウニョウニョは消えてなくなった。

そして鑑定。

全部で34個ある魔道具を、いくつかのグループに分ける。

「こりぇがー、しゅーのー、こりぇがー、ぼーぎょーきぇー、こりぇがー、こーげち、こりぇがー、しょにょた（これが、収納、これが、防御系、これが、攻撃、これが、その他）」

グループごとに説明すると、おのおのが興味を持った品を手に取る。

収納系は、ほとんど用途限定が付いている。

防御系は、毒とか麻痺とか昏睡とかを何個かまとめて防いでくれる。

攻撃系は、強力な魔法を何回か撃てる。

その他は、いろいろ。捕縛器具だったり、移動装置だったり、髪を綺麗にするとか、体を清潔に保つとかもあった。

「はー、今まで呪いの魔道具など見向きもしていませんでしたが、こうして解呪に成功すると、すごい性能を持った物がこんなにも多くあるのですねー。盲点でした！」

テイルスミヤ長官が悔しそうに言った。

攻撃系、防御系、捕縛の魔道具はお城行き。

収納系は、使えそうな物をいくつかディーグリーが引き取り、移動装置と判明した魔道具に、インテリヤクザなカイル先生が興味を持って引き取って、あとはどうする？　って話し合い。

試しに髪が綺麗になる魔道具を、ユーグラムに使ってみたら、シットリサラッサラになった！

これはイングリード行き。

イライザ嬢にプレゼントするといいよ！

サラッサラのドリルって見てみたい！

体を清潔に保つ魔道具は、なかなか風呂に入らない魔法庁副長官、怪しい男ジャンディスに贈られることになった。

インテリヤクザなカイル先生が引き取った、移動装置も試してみることに。

廊下に出て、他の生徒がいないことを確認して、見た目は卵を半分に割ったような黄色い楕《だ》円《えん》の半分に魔力を流すと大きく変形！　中に座るのにちょうどいい座席があり、座ってさらに魔力を流すと、フワッと浮いて、ギュンとどこかに行っちゃった。

呆気に取られる俺たち。

「え？　カイル先生どこ行った？」

「姿が見えなくなりましたが」

「目に見えない速さでどっか行ったってこと？　ヤバくない？　先生、無事？」

「……………あの男はたぶん大丈夫ですが、おそらく魔力を加減せずに流した結果でしょう」

「あー、カイル先生、いまだに魔力操作苦手だからねー」

全員が残念な顔をしていると、ギュンと戻ってきたカイル先生登場。

無言で装置から降りると、

「死ぬとこだったわ！」

と言って装置を蹴《け》り、その硬さにやられてた。

「バカですねー。最初から加減もせずに魔力を流すからですよ」

呆れたテイルスミヤ長官に言われて、苦い顔をしてたが、

「俺には向いてなかった！」

と言って、無造作に俺を掴むと装置に乗せた。

「うん、なんか似合う！」

俺が座った途端小さく変形して、なぜかメルヘンな乗り物に見えてくる不思議。

遊園地とかにありそう。

そっと加減して魔力を流す。

フワッと浮いて、アールスハインらの腰の高さでフヨフヨ進む。

もう少し魔力多めに流すと、ヒュンと加速して壁にぶつかる！　と思ったらUターン。

自動ブレーキ付き。

ついでに走行中はバリアも自動で。

なんてハイテク。制御も魔力次第だし。

ほどほどの速さで皆の元に戻れば、見た目が可愛い！　とユーグラムが無表情ではしゃいで、全員一致で俺の物になりました。

自力で飛べるのでいらないんだけど。

普段の生活の移動に使うことになりました！

ソラとハクが気にいったようなのでまあいいか。


部屋に戻り、シェルの淹れてくれたお茶を飲んで一息つく。

「それにしても、呪われた魔道具の性能は、凄《すさ》まじいですね。今まで完璧に呪いを解けた人物がいなかったんでしょうか？　こんな性能の魔道具があれば、話題になっていたでしょうに」

「残念ながら、ケータ様ほどの解呪の腕前の方は、教会でも聞いたことがありません。教皇である父でも、相当な時間をかけなければ、重複した呪いを完全に解くことは難しいでしょう」

「確かに重複した呪いの解呪は、教会の枢機卿以上でないと不可能と言われてますからね」

「そもそもさ～、こんなにすごい性能の魔道具を、改造しようとすること自体、おかしいよね～？」

「ええ！　その通りです！　こんなに素晴らしい性能の物なら、改造せずに売れば、巨万の富を得られたでしょうに！」

「冒険者ってのは、自分で手に入れた物は、自分の物って意識が強いから、滅多に出ない魔道具なんか手に入れたら、売るより前に自分用に便利に使いたいって考えんだよ」

「だからと言って、性能を大幅に削るどころか、呪いの魔道具に変えてしまっては意味がないでしょうに！」

「魔道具の出るようなダンジョンに潜れるのは、Bランク以上だ。自分に自信しかねー奴らが、失敗する可能性なんか考えるわけねーだろ？」

「それで過去にどれほどの魔道具が無駄になったのか、考えるだけで頭痛がしますね」

「有名な冒険者が下手に成功しちまったのも、原因の一つだろうよ」

「あ～、奴にできて俺ができないはずはない！　ってね～」

「ですが、その後は改造を諦《あきら》めて、普通に売った人もいるでしょうに、そんな話も聞きませんよ？」

「これだけ高性能な魔道具を手に入れたら、俺なら絶対秘密にします〜」

「まぁ、そういうこったな！」

「なるほど、持っていても秘匿《ひとく》しているのですね。まぁそうですね、確実に狙われますから」

「だろうよ。でもま、呪われた魔道具にそんな秘密があることも、完璧に解呪できる存在も知られてねー今のうちに、買えるだけ買い占めてやればいいさ！　たった2日でこれだけの魔道具を買い漁った奴がいれば、魔道具屋同士でも話題になるだろ。お前らが街をブラつけば、そのうち声をかけられるだろ？」

ニヤリと悪い顔で笑いかけるインテリヤクザなカイル先生。

悪い顔に迫力がありますね！

テイルスミヤ長官にも、ぜひとも手に入れてください！　って頼まれたしね。

しばらくは週末の街歩きが習慣になりそうです。

意外と時間のかかってしまった検証も終わり、訓練ができなくてちょっとガッカリなアールスハイン。

毎日の放課後だけでは足りないようです。

真面目。見た目ヤンキーなのに！

その後、魔道具に流す魔力を調節して、アールスハインの肩の高さでフヨフヨ浮きながら進むことに成功。

そのまま食堂に行って、食堂をザワつかせたのはご愛敬《あいきょう》。

3章　怪しい女生徒

おはようございます。

今日の天気は晴れです。

最初に呪われた魔道具を買ってから、３カ月経ちました。

その間、週末ごとに街に出掛け、カイル先生が言った通り、魔道具屋さん自ら売り込みに現れて、いくつかのお店を紹介されました。

王都にある中古魔道具屋さんは、ほぼ回り終わりました。

中にはあからさまに怪しい店もあったし、ぼったくろうとした店もあった。

そんな店でも、騙《だま》されることなくぼったくられることもなかったのは、さすが王国一の大商会の息子ディーグリーのお陰！

交渉力とコミュ力が半端なかった！

そして手に入れた魔道具の数、２００。

多いのか少ないのか、無謀な冒険者がいかに多かったことか。

テイルスミヤ長官が、怒ったり呆れたり落ち込んだりで忙しかった。

200の魔道具のうち、半分が収納系、残りが防御系と攻撃系とその他が同じくらい。

その他の中には本当に使える物と意味のない物が雑多にあった。

意識した時だけ一瞬イケメンに見える魔道具って、誰に必要なんだろう？

美人に見える手鏡とか、30分だけ背が高くなる膝当てとか、意味はあるのだろうか？

この機能を改造しようとした気持ちは分からないでもなかったけど。

使える方は、通信魔道具のイヤーカフとか、自動翻訳してくれるマスクとか、望遠眼鏡とか、拡声器な貝とかね。

10歳若返るリボンはリィトリア王妃様が、空飛ぶ木馬は双子王子が、肌がプルプルになるメダルはクレモアナ姫様が奪っていった。

防御効果の高い魔法少女なステッキは、旅に出ているアンネローゼに送っておいた。

いろいろ過剰な性能の魔道具は、お城に丸投げしたのでどう使われるかは知らない。

アールスハインは自動修復する剣と、どんな剣でも切れ味の復活するポータブル研磨機を手元に残し、ユーグラムは絶対折れない棍棒《こんぼう》と、魔法を阻害しない白い棒。

ディーグリーは、体育館くらいの容量のある時間停止機能が付いた収納の腕輪。

シェルは冷凍冷蔵の収納のベルトポーチ。

助は自動修復する外套《がいとう》とズボン。

俺は特に欲しい物がなかったけど、ガラクタっぽい物をいくつかもらっといた。

送った1週間後にアンネローゼから長文のお礼の手紙が届いたよ。

ダイエットは順調のようです。

同時に脳筋教育もされている模様。

大丈夫、お姫様？


王都の魔道具屋さんを回り終わったので、これからは本格的に肉体強化の訓練です！

放課後を使って毎日訓練はしていたけど、成果は芳《かんば》しくない。

インテリヤクザなカイル先生以外は、全員体の隅々まで魔力を流すことには成功しているが、体温が上がるほどに早い速度で巡らすことはできていない。

週末の今日は1日訓練に当てる。

「ぬおぉー！」

「ちょっと、うるさいですよ！　無駄に力《りき》むから余計にできないんですよ、あなたは！」

魔力操作の苦手なカイル先生は、変な雄叫びを上げながら魔力を巡らそうとしているが、腹の辺りでグルグルするのみで、本当に意味がない。

俺と助は、肉体強化のさらなる改良。

筋肉のみを強くするのではなく、体全体、身体能力そのものを強化できればベスト。と、いろいろやってみた。

身体中に巡らした魔力に、強くなれー！　っと願いながらグルグルと高速で魔力を巡らす。

自分では分からないが、同じように魔力を巡らしてる助の体が、ホンノリ赤く染まって、内側から光っているように見えてきた。

驚いて自分の手も見てみると、こっちは白く光っている。

その状態で体を軽く動かしてみると、驚くほどスムーズに体が動く。

前回は途中で息切れしてしまったのに、全然息も上がらない。

「「ナハハハハハハハハハ!!」」

2人して訓練所を、縦横無尽に走り回る。

あまりに調子がよすぎて、笑いが止まらない。

途中で助が、魔力切れというのを起こし、突然倒れたのはビックリしたが、成功しました！

成功すると、オーラのように体がうっすら光るので、分かりやすいのもいい。

助は魔力が赤魔力なので、無駄を省ければもう少し長くいけそう。

俺は魔力が無尽蔵なので無敵！

テイルスミヤ長官の分析だと、光る色は現時点で一番錬度の高い魔法の属性が出ているんじゃないかって。

午前中いっぱい走り回っても前回のように疲れない、心肺機能までも向上させた新肉体強化の完成です！

俺を見る皆の目が、ちょっと怨《うら》めしい感じなのは気にしません！

君たちも早くここまで来たまえ～、とドヤ顔で返しときました！


最近は、王都中の中古魔道具屋さんを回っていたので、昼食は街の食堂とかで食べていたが、ディーグリーの家の商会が頑張っているのか、ちょっとお高目のレストランとかなら、俺でも食える肉が出てくるようになった。

しかし、今日からは食堂に戻っての食事。

食堂の料理人さんたちも頑張ってくれているが、まだ完食はしたことがない。

助がへばっているので、自分たちで作ることもできない。

ちょっとテンション下がり気味に食堂へ向かうと、食堂の真ん中で、無駄にいちゃつくバカップルを発見。

キャベンディッシュと、いつか見た雪の中ですっ転び、尻をベチャベチャにしてた女生徒だ。

貴族の多く通う学園なので、食堂とは言え席の間隔はゆったりと取られているのに、わざわざ椅子をずらしてピッタリとくっついて座る2人に、令嬢たちの視線がすごく冷たい。

女生徒の前の席には元会長が座り、2人のいちゃつく姿にグヌグヌしてる。

二股女よりは大人しいが、新たな二股女劇場が開幕している模様。

キャストを替えてお贈りします？

横目で見ながら通り過ぎ、注文して待ってる間もなんとなく眺めていると、

「あ～、最近仲がいいらしいね～、あの2人。元会長も何かと絡みに行くし、前回の元聖女みたいにならないといいけど～？」

「さすがに自重するでしょう。次に問題を起こせば即退学にすると、学園長が本人に直接警告されていますから」

「保護者にも連絡行ってて、元会長は、休み中にものすごい説教されたらしいからね～」

「そうだろうか？　自重している姿には見えないが？」

「ん～。それにあの女生徒も、まんざらでもないって顔だしね～？　あの子って、途中編入の子だよね～？　精霊付きっていう」

「そうなんですか？　Fクラスには知り合いもいないので、知りませんでした」

「俺もFクラスの知り合いはいないけど、噂だよ？　元聖女ほど派手じゃないけど、常に2人を侍《はべ》らせてるって。令嬢たちの視線がすごく怖いし。ただ、刺激するなって先生に言われてる

から、特に注意とかもされてないみたい」

「平民の彼女が見目《みめ》だけは麗《うるわ》しい高位貴族に言い寄られれば、のぼせるのも仕方ないことでしょう」

「だけって！　その通りだけど！」

ユーグラムの嫌味に、ディーグリーとシェルが笑い出す。

ちょうど食事も届いたので、その後は３人に一切の興味を示さず、食事を済ませ訓練所へ。

午後いっぱい訓練に当てて、おのおのに風呂に入ってから食堂へ。

昼間と同じ位置、同じメンバーでいちゃつく３人。

移動してないの？　どんだけ暇なの？

そんな３人を横目に、定位置の端の席へ。

日常的にバリアを張り、さらに食堂では絡まれないように認識阻害と防音のバリアを張るのが癖になっているのだが、たまに食堂全体を騒がすようなことがあると、空気の揺らぎのようなものが、バリア越しに伝わることがある。

今もバリア越しに揺らぎを感じ、周りの様子を窺《うかが》うと、皆の視線が食堂中央に向いている。

防音機能だけを切って周りの声を聞いてみると、キャベンディッシュたちの席の近くを通りかかったイライザ嬢が、キャベンディッシュと同席している女生徒が倒したスープを被ってしまったらしい。

わざとじゃないなら謝れば許してもらえただろうに、わざとじゃないとか、スカートがぶつかったとか、私のせいじゃないとか、謝りもせずに言い訳ばかり大声で喚《わめ》いているらしい。

イライザ嬢がその態度を見て構うのも無駄と通り過ぎようとしたら、キャベンディッシュがその態度はなんだ！　と言い掛かりを付けてきた、と。

しょうもない理由だが、イライザ嬢が現在進行形で絡まれているので、無視するわけにもいかない。

アールスハインがため息一つついて立ち上がり、中央の席に近づく。

俺もなんとなく付いていくと、休日なので私服のイライザ嬢のスカート部分に、ベッタリとポタージュ系のスープがかかっていた。

給仕の人がモップを持って近くにいるが、キャベンディッシュが騒いでいるので近寄れずに、掃除ができない。

仕方ないので、キャベンディッシュは無視してイライザ嬢に近寄り、汚れてしまったスカートに洗浄の魔法をかける。

一瞬で綺麗になったスカートと床に皆が驚いているが、構わずアールスハインのところに戻る。

「キャベンディッシュ兄上、何を騒いでいるのですか。皆に迷惑なので、声量を抑えたらいかがですか」

「何を！　貴様には関係のないことだ！　余計な口出しをするな！」

「口出しをされたくないのならば、そんな大声を張り上げないことですね」

「貴様には関係のないことだ！　事情も知らずに偉そうに話しかけるな！」

「そちらの令嬢がイライザ嬢のスカートにスープをかけたのでしょう？」

「わざとじゃない！」

「ならば謝罪すれば済むことでしょう。しかし言い訳ばかりで、一向に謝罪の言葉はない様子。それでもイライザ嬢は怒りもせずに通り過ぎようとしたのに、キャベンディッシュ兄上が言い掛かりを付けているのでしょう」

冷静に客観的に状況を説明されて、やっと理解した様子のキャベンディッシュ。

グヌヌと、反論できないでいる。

「アールスハイン殿下、ケータ様、助けていただいてありがとうございます」

イライザ嬢が、綺麗なお辞儀をするのに、

「気にしなくていい。この場で兄上に注意できるのは俺だけだったからな。汚れが落ちたとはいえ、災難だった」

「ええ。今後はこの方たちのいる場所は、迂回《うかい》しますわ！」

もうアールスハインもイライザ嬢も、キャベンディッシュたちの存在を完全に無視して、事を済まそうとしている。

関わるだけ無駄、と周りにも知らせる態度。

しかしそこに、

「あ、あ、あの！　私本当にわざとじゃないんです！　ちょっと手がぶつかっちゃっただけで、たまたまそこにこの人が通りかかったから！」

「どんな事情だろうと、被害にあった相手への第一声が謝罪以外なら、聞く価値はないな。それになぜ俺に言い訳をする必要があるのか、全く理解できない」

アールスハインが切って捨てるように言うと、女生徒は驚いたような顔をしたあと、蚊《か》の鳴くような声で、イライザ嬢に謝った。

アールスハインはそれを見て、さっさと席に戻り、イライザ嬢も友人の席に速やかに移動した。

２人が去ったあとの席では、キャベンディッシュが顔を真っ赤にしてグヌグヌしてて、女生徒は何を考えているのか上の空だった。

関わるとろくなことがない予感。

◆◇◆◇◆

おはようございます。

この頃は朝の冷え込みもなく、過ごしやすい天気が続いています。

穏やかな天気、退屈な授業、平和な日常。

月1の調理実習が危険なことくらい。

肉体強化の訓練も、ゆっくりながらも着実に成果を出していて、俺の暇潰しに始めた魔道具いじりも基本は習得しました。

魔道具に書かれているのは魔法陣というもので、判子でも焼き印でもなく、特殊なインクを使って魔法で焼き付けたものでした。

これはテイルスミヤ長官が教えてくれた。

魔法庁には魔法陣専門に研究している職員がいて、テイルスミヤ長官の紹介で会って話を聞いたら、基礎的なことを書いた手書きの分厚い本をもらった。

その本によれば、魔法陣の書き方にはいくつかのパターンがあって、いくつもの円を描いた中に用途を意味する単語を書いた防御系の魔法陣。

円の中にいくつもの三角を書いた攻撃系の魔法陣。

円の中にいくつもの四角を書いた、いろんな用途を持たせられる魔法陣。

中には丸や三角、四角を同時に使うものとかもあるらしい。

使う文字は古代語と言われるアルファベット。

今使っている言葉をローマ字表記にしたものだ。

元クソバカダ女神の影を感じます。

文字を書く順番も決まっていて、上下右左の順番に1文字ずつ書いていかないといけない。

書く文字数は、使う魔法陣の形によって違い、三角なら3文字、四角なら4文字、角の部分に1文字ずつしか書けなくて、図形を重ねて書くこともできるので、文字数が多くなるに従って、魔法陣も複雑になっていく。

魔道具を作るのはとても難しいが、改造は割と簡単にできてしまう。

もともとの魔法陣に、線と言葉を書き足せば済む。

ただし、魔法陣に込められた魔力を正確に感じ取り、その魔力に合わせて書き足さないと失敗してしまう。

そして失敗した魔道具は、呪いになる。

魔法陣の基本的な書き方の本は庶民でも手に入る値段で販売されているから、字が読めて書ける人なら魔道具の簡単な改造を試してみる人は結構いるらしい。成功するかは別として。

魔法陣に必要なのは特殊なインク、魔石、精密なコントロールのできる魔法使い。

特殊なインクは、魔力の高い虫魔物を乾燥させ粉にしたのに、油と魔力と綺麗な水を混ぜたものでした。

油と水と虫の粉末をもらいました。

インクを作る時に魔力を流すのは、極力自分でやった方が、あとが楽なんだそうです。

油と水と虫の粉末は、同量を容器に入れて魔力を流しながらマゼマゼ。

ねっとりとクリーム状になってビカッと光れば完成。

出来上がったのは、前世の妹が顔に塗ってたみたいなジェル状の半透明の何か。

これがインクで合ってるのか、テイルスミヤ長官に確認したら、完璧です！　って驚かれた。

他の人が作ると、その人の得意な属性が魔力に混ざっちゃって、色が着いちゃうんだって。

色着きでも使えるけど、効果は半減しちゃうので、俺が作った透明に近いインクは希少だそうです。

半分持っていかれたよ！

まぁ、料理用のボウルで作ったから、まだまだあるけどね！

特殊なインクを用意できたので、あとは魔石。

魔石は、去年の演習の時に大量に狩った魔物をギルドで解体してくれたあとに、どうしますか？　って聞かれたので、なんとなく全部を買い取りに出さずに、持っていた物が結構ある。

魔石を使う前に、洗面器型に作ったバリアの中に、聖魔法を満たして魔石を沈め浄化。

魔石って、魔物の心臓か脳の中にあるって言うしね。血生臭かったりしたら嫌です！

浄化して綺麗になった魔石と、特殊なインクを用意して…………そこで俺は致命的なミスに気付いた。

何になんの魔法陣を刻むかをまるで考えてなかった！

さて、どうしよう？

なんの魔道具を作ろうかウンウン悩んでいたら、休み時間になっていたのか、前の席のディーグリーが、

「ど～したのケータ様？　珍しく悩んでんね～？」

「むー、にゃんのまーどーぎゅちゅくりゅかにゃやんでりゅー（んー、なんの魔道具作るか悩んでる）」

「すごい高度な悩みですね！」

「こーどー？（高度？）」

「魔道具制作は、高等学園のあとに大学園に行かないと学べないんだよ～？」

「しょーにゃのー？　ほんもりゃったから、よんだりゃでちそうよー？（そーなのー？　本も

らったから、読んだらできそうよ？）」

「う～ん、そんな簡単なものじゃないはずなんだけど～？」

「魔道具制作は、基礎を書いた本は平民でも買える値段のものがありますが、その本だけでは改造はできても魔道具自体を作ることはできず、本格的に魔道具を作るには大学園の試験を受けなければ、正式な教本を手に入れられないと聞きましたが？」

「合格してたぞ？」

「はあ？　大学園の試験に合格？」

「しかも専門分野である魔道具制作の試験にですか？」

ディーグリーとユーグラムに凝視されたが、

「ちららいよ？」

とアールスハインを見ると、

「テイルスミヤ長官に、金属板を渡されてたろう？」

「めーりょのやちゅ？（迷路のやつ？）」

「ああ、あれは魔力コントロールの腕を測る試験だったんだ」

「ふぇー、いたきったたらけよー？（ふぇー、板切っただけよー？）」

「一定の魔力出力で迷路をなぞり、金属板を切っていくのは至難の業《わざ》なんだぞ？」

「ふぇー」

「ふぇーって！　ふぇーで済むことじゃないですからね！」

ディーグリーに怒られた。

「まあ、ケータは最初から魔力操作が異常に上手かったからな」

アールスハインが苦笑しながら頭を撫でてくる。

「種族的なことも関係しているのかもしれませんね？」

「えー、妖精族だからって、できるものでもないでしょ～？」

「息を吸うように魔法を使う種族らしいので、できるのかもしれませんよ？」

「そ～なのかな～？」

「まぁ、受かってしまったのですから、このあとに何を作るかを考えた方がいいのではないですか？」

「ん～、まぁそうだね！　で、ケータ様は何を作りたくて悩んでんの？」

「にゃにをちゅくりゅかを、にゃやんでりゅ（何を作るかを悩んでる）」

「作りたい物とかないの？」

「んー？」

「防御系は、ケータ様はバリアがあるし～、攻撃系は、最初に作るには危険だし～。生活に役立つ物とか？」

「たといばー？（例えば？）」

「んー…………………思い付かないね」

「しぇーかちゅにこまっちぇにゃいかりゃ、おもーちゅかにゃい（生活に困ってないから、思い付かない）」

「そ～だね～、最近は平和だからね～。無駄に騒がれないように、姿を隠すマントとか？」

「それはケータ様のバリアで足りるのでは？」

「でもケータ様がいない時は、やたら声掛けてくる令嬢とかウザくない？」

「それはそうですが……」

「んじゃーちゅくってみりゅ！（んじゃー作ってみる）」

「できたら買うんで、お願いします！」

ディーグリーが、まだできてもいないのに予約してきた。

姿を隠す魔道具で思い出すのは、前世で甥《おい》っ子と見たファンタジーな映画の、眼鏡の少年が父から譲られた透明マント。

だが、布に文字を書くのは難しいので却下。

ならばどうする？　身に着けられる物で、取り外しのしやすい物で、男子が着けていても違和感のないブローチ的な？　でもブローチは文字を書く面積が少ないし…………基本、魔道具は魔力を一度流せば、魔石の魔力が切れない限りずっと発動している。

ただ、魔力がゼロになった途端に壊れて使えなくなるのが面倒くさい。

小まめに魔力を補充すればいいけど、忘れちゃうこともあるし、普段の生活に支障がない程度に勝手に魔力を吸い取ってくれれば楽なのにね！

そうなると、直に身に着けられる物でー。

円を書いた内側に四角を3つずらして書いて、四角の角の部分に1文字ずつ。

書こうと思ったのだが、ローマ字だと文字数も合わないうえに面倒くさいので、漢字で書いてみよう！

認識阻害と、魔力補充、念のため悪用防止。

魔法陣の真ん中に、平べったいおはじきのような魔石を取り付ける。

これを魔法で焼き付ける。

「だだーん、まーどーぎゅかんしぇー！（ジャジャーン、魔道具完成！）」

1人拍手をしていたら、授業中でした！

「何が完成したって？」

インテリヤクザな担任のカイル先生の授業だった。

にこやかに聞かれたけど、その顔は狂暴そうなので、普通の子供の前ではしない方がいいよ！

「にんちきしょぎゃいのまーどーぎゅ！（認識阻害の魔道具！）」

「これが？　どうやって使うんだ？」

俺が渡した魔道具を、不思議そうに眺めるカイル先生。

見れば用途は一目瞭然だろうに、

「くちゅにしく！（靴に敷く！）」

「くちゅに？」

「くちゅのーにゃかじき！（靴の中敷き）」

「んん？」

なぜか通じないので、アールスハインに靴を脱いでもらい、靴の中にできたばかりの魔道具を入れる。使い方を説明して魔力を流してもらうと、途端に存在感が希薄になった。

意識して見ないと、そこにアールスハインがいることを忘れる感じ。

「おー、しぇーこー！」

また1人で拍手してると、

「「「「はあーー？」」」」

多くの人に、はあーー？　されました。

「おいおいおいおい、おい！　なんだそりゃ？」

「にんちきしょぎゃいのまーどぎゅ！（認識阻害の魔道具！）」

「…………認識阻害の魔道具つったか？」

「ゆってりゅよ！」

「はぁーーー。おまいさん、またふざけた物を作りやがって！　こんなん悪用し放題だろ！」

「あきゅよーぼーちちゅけたよ？（悪用防止付けたよ？）」

「そもそもなんでこんな物作った？」

「でぃーぐでぃーほちいって！（ディーグリー欲しいって！）」

「ディーグリーだぁ？」

語尾を上げて睨まれながら呼ばれて、

「いやいやいや！　言ったけども！　こんなにすぐにできると思わなかったんです！　言ったのさっきの休み時間だし！」

「こんな常識外れの生き物に、適当な思い付きを言うんじゃねーよ！　実現しちまう可能性を考えろ！　変な奴に騙されて、とんでもねえ物作らされたらどうすんだ？」

ひどい言われよう。

「そこは、アールスハイン王子が付いてるんだから、無茶なこと言う奴は、なかなか現れないでしょう？」

「万が一を考えろ！　悪意はなくても面白がってふざけた要求する奴なんて、いくらでもいるだろう？」

「え～、それって俺のせい～？」

「まぁ、お前のせいじゃねーけど！」

「あきゅよーぼーちちゅけたよ！（悪用防止付けたよ！）」

「あきゅよー？　悪用防止か？」

「しょーよー、あきゅいのありゅしとはちゅかえにゃいよー（そーよー、悪意のある人は使えないよー）」

「…………まぁ、少しは考えてるんだな」

頭をワシワシされました。

「だが！　魔道具を作れるなんてのは、軽々しく人に教えるもんじゃねぇからな！　普通は城に隔離されて守られてるから無事でいられるが、どんな悪党が近寄ってくるか、分かんないからな！」

「いやいやいや、それこそその悪党がまとめて返り討ちにあうだけでしょ！　ケータ様を害せる存在なんて、それなんて生き物ですか？」

「…………………………確かに。んじゃまぁ、好きにしていいが、悪用だけはされないようにな！」

「あーい」

インテリヤクザな担任のカイル先生からお許しが出ました。

「皆も下手に言いふらすなよー」

「「「「はーい」」」」

Sクラスは今日もいい子たちです。

おっさんの精神がいい子にはご褒美を出せ！　と訴えるので、なぜか大量にマジックバッグに入っていた銀のメダルの裏に、魔法陣を刻んで魔道具化して、1人1枚ずつ渡しておいた。効果は物理攻撃、魔法攻撃を10回くらい防ぐ効果。持ってるだけで効果があるので、ポケットにでも入れとけばいい。

渡す前に集団で、はーーーーー？　されたけど、皆、大袈裟なほど喜んでくれました！

◆◇◆◇◆

認識阻害の魔道具を、アールスハイン、ユーグラム、ディーグリーの分を作って渡した。念のためその場でサイズ調整して、イライザ嬢にも渡した。

魔石は土踏まずの部分にくるようにしてあるので、歩く時も邪魔になりません！

魔物の革で通気性抜群！　てのを使ったので、靴の中でも蒸《む》れません。

早速皆して使ったけど、自分以外を認識しづらくなるので、1人の時以外は使わないことに。

食堂に着くと、ほどほどに混んでいたが俺たちがいつも座っている席は、シェルと助が既に着席していたので、問題なく座れた。

穏やかで平和な日常の中で、唯一不快なことがあるとすれば、常に食堂中央に陣取って意味もなく騒いでいるキャベンディッシュ他2名が、なぜかこの3カ月の間に徐々に徐々にこちらに接近してこようとしていることだ。

移動教室の時、休み時間、放課後、食堂でも気付くと目に付くところにいて、その距離がジワジワと近くなっている。

キャベンディッシュの意思ではないだろう。

生徒会長になったユーグラムを、恨めしげな目で見る元会長の意思でもないだろう。

残る1人は精霊付きの女生徒だが、近づかれる意味が分からなくて不気味。

彼女もまた逆ハーレム志望だろうか？

今も中央の席よりもだいぶこっち寄りに座って、こっちの席が正面に見えるようにしている。

向こうから見えないようにバリア張ってるけど。キャベンディッシュや元会長と話しながらも、こっちを窺ってるのが丸分かり。

　俺が不快気な顔をしていたのが分かったのか、

「な〜んかジワジワと迫って来てるよね〜」

「そうですね、目的が分からないのが不気味です」

「あぁ、あの精霊付きの女生徒の意思だろうが、一気に近寄れば兄上たちが邪魔に入ると分かっていて、ジワジワ近寄ってくるのが計算高そうで、より不気味だな」

「アールスハイン王子が、不快を露にするのも珍しいね〜？」

「セットで着いてくるキャベンディッシュ兄上が、さらに面倒くさいからな」

「ん〜。ぶっちゃけ、キャベンディッシュ王子より、今はアールスハイン王子の方が立場は上ですよね？　そこのところ、キャベンディッシュ王子は気付いてないんですかね？」

「さぁな、キャベンディッシュ兄上は、昔から根拠のない自信だけは満々だったから、自分自身の価値は、俺より上だとでも思っているのだろう」

「あ〜、いますね、そういう人！　元会長とかもその類い、まさに類は友を呼ぶ！」

「ふふ、本人たちは友とは認めてませんがね。いいコンビに見えなくもないですね」

「ぶふっ、コンビって！　確かに〜！」

「まぁ、個人で近寄って来そうになったら、先ほどケータ様にいただいた魔道具で回避できますしね！」

話に加わらずご飯を食べてたら、ユーグラムに頭を撫でられました。

「うん、ケータ様、ありがとう！　なかなかにタイミングがいいよね！」

「そうだな。これ以上近寄られる前に、回避手段が手に入ったのは、ありがたい」

皆に褒められたよ！

意味の分からないシェルと助にも認識阻害の魔道具を渡しながら説明すれば、すごい感謝された。

助は見ただけで使い方を理解して早速靴に敷いたけど、シェルが助の行動をすごく不思議がってた。

この世界に靴の中敷きはなかったらしい。

常に靴を履《は》いて生活してるのに、中敷きがなくて靴の中が蒸れてヨレヨレになったらどうするのか聞いたら、洗って干して、それでもダメなら捨てるって。

もったいないお化けが出るぞ！

外見に問題がないなら中敷きだけ取り替えれば、長く靴を履けるって教えたら、アールスハインがすぐに騎士団に手紙を書いてた。

何気にユーグラムは教会に、ディーグリーも自分ちの商会に手紙を書いてた。

魔道具になる前の、魔物の革でできた中敷きを見本に、と持ってかれた。

食堂を出てシェルと助と別れ、教室に向かう間も、キャベンディッシュと元会長と別れた精霊付きの女生徒が、後ろを付かず離れず付いてくる。

「確かに不快で鬱陶《うっとう》しいですね」

ユーグラムが無表情で黒い渦を背負ってます。

「じゃーさ、次の角を曲がったら認識阻害の魔道具を発動して、ちょっと様子を見ようよ！上手くいけば、目的が分かるかもよ？」

「よし、採用！」

珍しくアールスハインも乗り気で応じる。

角を曲がってすぐに認識阻害の魔道具発動。

気配が薄くなって、お互いを認識しづらくなる。

そのまま壁際に寄り様子を見ていると、精霊付きの女生徒が角を曲がって、俺たちがいないことに気付き、慌ててSクラスの教室に向かうが、そこにも俺たちの姿はない。

周辺を少し探したが見付からない俺たちに、焦ったような悔しいような顔をして、人気のない廊下まで来ると、

「クソッ、見失った！　今日も近づけなかった！　もう、いつになったら普通に話せるように

なるのよ！　やっぱりSクラスに入らないと無理かなー」

とブツブツ呟《つぶや》きながら去って行った。

彼女の姿が見えなくなってから認識阻害の魔道具を停止して、

「ん～。他の令嬢たちと変わらない目的だったね～。誰が目当てかまでは分からなかったけど、お近づきになりたいだけなのかな～？　何か他にも目的がありそうだったんだけどな～？」

「どちらにしても、あまり性質のよくない令嬢のようなので、近づかないに越したことはないですね」

「そうだな、先生方の注意もあることだし」

そう結論が出て、教室に戻った。


午後も変わらず、授業などそっちのけで魔道具を作った。

今度作ったのは監視カメラ。

円の中にいくつかの四角を書いて、現場撮影、人感感知、自動送信、自動修復を付けてみた。

水生魔物の目玉に。

今回使った魔物の目玉って、水晶みたいに固くて透明でレンズみたいに見えたので、ちょうどいいかと半分に割って使ってみた！　なぜかマジックバッグにいっぱい入っていたし！

シェルが、なんでもどれだけでも入るマジックバッグを面白がって、やたらと物を詰め込むせいです！

たぶん相当高価な物も詰め込まれているだろうけど、知らなければ普通に使えるからね！

あえて金額は聞きません！

そして受信用の魔道具。

こっちは、自動受信、記録保存、整理整頓、自動修復、改造防止を付けた。

魔物の脳ミソ的な何かに。

グロい見た目ではなく、黒い楕円の石みたいだったので、抵抗なく使えました！

どっちの魔道具にも穴を空けて、魔石をセット。魔法陣を焼き付けて完成。

…………………ではなかった。

記録を見る道具も作らねば！

やはり魔物の素材で使えそうな物はー？

丈夫な紙のような革が出てきた。

色はうっっっすい水色。いけそうじゃない？

魔法陣には、映像再生、色彩補正、停止、巻き戻し機能を付けた。

受信機と繋《つな》げるのは、魔物の腸？　これもグレーの金属っぽいやつなので使いました。

薄いツルツルの紙に魔法陣を書いて、ケーブル、情報伝達って付けて焼き付けると、紙だけ燃えて魔法陣が腸に定着した。

ちなみに魔法陣に書く文字は、制作者が理解できる文字なら割と大丈夫そう。

普段使ってる文字がダメなのは、多くの人が理解してすぐに改造されちゃうから、だそうです。

ではでは、実験！

教室の後ろに、録画用魔道具を設置。魔力を流すとピカッと一瞬光って撮影開始。

同時に受信機にも魔力を流してピカッ。ケーブルを繋いでスクリーンを設置。

両方に魔力を流してピカッ。

再生される映像は、教室を後ろから見た映像。

黒板の板書きから振り向いた教師がギョッと目を見開いたのに、不思議に思った生徒が振り向く。振り向いた自分たちが映る映像に、

「「「「ハアーーーー？」」」」

全員の、ハーー？　いただきました。

「…………ケータ、魔道具を作るなとは言わないが、実験するなら、もう少し人の少ないところでやれ！」

「あーい、ごめちゃーい」

怒られました。

速やかに撤収しました。

しばらくはザワついてたけど、我に返った教師が授業の続きを始めると、生徒たちも皆大人しくなった。

なので他にもいくつかカメラ魔道具を作って、残りの時間を潰しました。

放課後テイルスミヤ長官に呼び出されて、部屋でもう一度再生して、説明させられました。

テイルスミヤ長官の薦めで、学園長に許可を取り、学園のいたるところにカメラを付けました。


後日、悪質ないじめが複数発覚、不純異性交遊する生徒数人が発覚。植物園の希少な植物の盗難が発覚。

学園長にものすごく感謝され、複数人が学園を退学になった。

その報告を受けた王様に、お城用のカメラ一式を注文されました。

マジックバッグの中身がだいぶ減りました。


ところで今まで魔法で作っていたマジックバッグは、魔道具ではないんだけど大丈夫なのかがふと気になったので、テイルスミヤ長官に聞いてみたら、魔法で魔道具を作る方法もあるんだって。ただ、マジックバッグに使われる魔法が、空間魔法である確証が持てなくて、躊躇《ためら》っていたのと、マジックバッグを作るにはかなり魔力を使うので、作れる人がいなかったんだとか。

しかも、魔法で作る魔道具は、素材の魔力で補えないので、より繊細な魔力操作と魔力量が必要になるらしいよ。

俺は今までに100個近くのマジックバッグを作ったけど、魔法庁全体でもマジックバッグを作れたのは20個くらいだって。途中で失敗して爆発したり、成功したと思っても、何日かすると中身が全部ぶちまけられたりしたらしい。

最初に込めた魔力の量によって、効果時間も違うみたいだし、いろいろ難しいね！

今は魔道具でのマジックバッグ製作に取り組んでるそうです。

4章　学生らしく試験だって

おはようございます。

カメラ魔道具作りすぎて夢見の悪い俺です。

前世の会社を思い出しました。

やってもやっても終わらない仕事に追われる夢でした。

変な汗をかいて、ソラとハクに顔を舐《な》められて起きました。

俺の気分を写したかのように天気もどんよりしてます。

大きなため息を一つ、ソラとハクをこねて癒《い》やされて、なんとか気分も浮上してきました。


後期は大半が座学なので、ちょいちょい小テストが行われますが、今日から5日間は進級にも関わってくるテストです。

Sクラスの生徒は、普段から予習復習を欠かさない実に真面目な生徒ばかりなので、テストだからと特に焦る様子はないんだけど、食堂とか移動途中の他のクラスの生徒の中には、時々正気を失ったように叫び出す生徒がいて、ビクッとします。

午前中は筆記試験。

午後は実技試験が主に行われます。

実技試験は、教科が少ないので午前中で終わることもあります。

皆が真剣に試験を受けているので、俺はテイルスミヤ長官にもらった魔法の本を読んで過ごし、午後は体育の実技試験。

ゴリゴリマッチョな体育の先生が見守る中、武器を使わない組手を見学。

その後に持久走、広い広い学園の敷地内のマラソンコースを半周して終わり。なかなかにハード！　女子生徒も同じメニューーって大変そう。

距離はだいたい7キロくらい。終わった人から帰っていいそうです。

こんな時こそ肉体強化が使えると楽なのにねーとこぼしたら、練習しながら走ってみるそうです。

なぜかソラがやる気満々なので、ソラに乗って俺も参加。ハクは俺の頭の上にいます。

スピードはソラにお任せしたら、アールスハインに並走してました。

同じ早さでユーグラムとディーグリーも走ってます。

組手はクラスごとだったけど持久走は学年ごとなので、助も合流して塊で走ってます。

助は肉体強化のアドバイスをしながら走ってます。

そのうち、アールスハインの体から湯気のようなものが上がったと思ったらピカッと一瞬光って、グンとスピードが上がりました。

どうやら肉体強化に成功した模様。

助も肉体強化をして、アールスハインを追いかけて行きました。

次に成功したのはディーグリー、そしてユーグラムが成功。

たったか走る皆の顔がにやけています！

ユーグラムは無表情だけど、背景に星が飛んでます！

記録的な早さでゴールした4人に、ゴリゴリマッチョな体育の先生が驚いていますが、普段の真面目さを知っているので不正は疑われなかった。

早々に終わった午後の試験。

だが、初めて成功した肉体強化をもう少し試したいらしい3人と助が、訓練所の鍵を借りに職員室に行ったら、インテリヤクザなカイル先生に、ずいぶん余裕じゃねーの？　とからかわれた。ディーグリーがドヤ顔で肉体強化に成功したからもう少し慣らすんだと返すと、すごく驚いて悔しそうにしたので笑った。

訓練所で、もう一度肉体強化。

なぜか3人は肉体強化が発動する前に湯気が上がるけど、無事ピカッと光って成功。

「ナハハハハハハハハ」

「アハハハハハハハハハ」

「フフ、フフフフフフフ」

全員が笑っております！

前回は自分もこんなだったのね、とちょっと反省しました。

怖いからね！　特に無表情なのに、ずっとフフフって笑うユーグラムが！　めっちゃ怖い！

一緒になって走り回るソラは可愛かったけど！

夕方になるまで走り回って満足した面々は、まだうっすら笑いながら食堂へ。

食堂には、なぜかグッタリとしたシェルが先に着いていて、テーブルに突っ伏していた。

「珍しいな、シェル。何かあったか？」

「ああ、失礼しました。先ほどの持久走で少々疲れまして」

「シェルがあれくらいで疲れるわけねーだろ、何があった？」

助もシェルの疲れように口を出した。

「…………私たちのクラスは少々特殊な組手を行うので、他のクラスよりも時間がかかり、持久走のスタートが遅れたのです。が、コースの途中、前を走っていた令嬢が後ろを振り向いた途端転びまして足を挫《くじ》いたらしくうずくまってしまったのですが、その令嬢が例の精霊付きの女生徒でして、だからと言ってほっとくわけにも行かず、信号魔法玉を打ち上げて側にいたのです。その際にいろいろ聞かれまして、私が答えないでいると、怒り出し、終《しま》いには泣き出しまして、到着した教師に事情を話したのですが、なかなか信じてもらえず、先ほどまで職員室におりました」

はぁーーーーと長いため息をつくシェルの肩を、アールスハインが叩いてやる。

「それは災難だったね～。でもそれって明らかにシェルを狙って転んでるよね～」

「でしょうね。本当は私たちを狙いたかったのかもしれませんが、追い付けなくてあとから来たシェルを見付けたから情報を引き出そうとしたのかもしれません」

「振り向いてから転んだらしいからね～。あからさまね～」

「侍従が主の情報をそうやすやすと話すわけがないだろうに」

アールスハインの声が呆れている。

「でもこれで、アールスハイン王子が狙われてるのはハッキリしたね～」

「いえ、ユーグラム殿とディーグリー殿のことも聞かれましたので、お2人も狙われているかと」

「うえ～、勘弁して！」

「嫌な事実の判明ですね」

今も視界の端の方からこっちを見てる精霊付きの女生徒に、皆が嫌そうな顔をしている。

自分は狙われてないので、お気楽な俺と助。

被害は受けたが、狙われてはいないシェル。

関係の良好な主従ならば、侍従が被害にあったと知れば、相手への印象は悪くなることが分かるだろうに、その辺の考えが及ばないのも、精霊付きの女生徒のポイントが下がる理由。

「それで、疑いは晴れたんだろうな？」

「ええ、ケータ様の作られた監視魔道具が、映像を残してくれていたお陰で、私が彼女に指一本どころか、最初の声掛け以外特に何も話していないことが確認されました」

「ケータ、よくやった！」

「ええ、ケータ様、ありがとうございました！」

お役に立てて何より。

「んー、おんしぇーもちゅけりゅべき？（んー、音声も付けるべき？）」

「可能なのか？」

「たびゅん？」

「それができたら、証拠能力が上がっちゃうね～。誰も文句言えなくなる！」

「それを作れそうなのが、また」

呆れ半分て目で見られました。

証拠があるって大事だと思うよ！


夕飯を食べたら、部屋に戻って早速取りかかる。

素材は何がいいですかー？

リビングのテーブルの上に、マジックバッグから素材を次々出していく。

いろいろありすぎて分からない。

これはお城で使い道のない、余ってた物を詰められたのだろうか？　笑顔のシェルを見てると、そう思えてなりません。

そして見付けたのは、葉っぱ。

大きさは10センチくらい。

森の中の苔《こけ》みたいな色。

これも魔物の素材らしい。

サイズ的にも、意外と丈夫なところもピッタリ。

これで試しにやってみよう！

魔法陣には、人声記録、自動送信、自動修復、天気無効を付けてみた。

これをカメラ魔道具にくっ付けられれば、完成なんだけど。

「しぇりゅー、しぇっちゃくじゃいありゅ？（シェル、接着剤ある？）」

「しぇっちゃくじゃい？」

「こりとーこりを、くっちゅけりゅやちゅ（これとこれを、くっ付けるやつ）」

「ああ、糊《のり》ですね！　少々お待ちください」

一旦部屋に向かったシェルはすぐに戻って来て、緑色の粘液の入った瓶を渡してきた。

「ケータ様、これは強力な糊ですから、手などに付かないように気を付けてくださいね？」

と、細い木の棒もくれた。これで塗れということですね。

葉っぱの下の部分は、もともと何かにくっ付いてたのか、平べったく幅があったのでその部分に糊を塗ってペタッとね。

「かんしぇー！」

試した結果も大丈夫でした！　思ったよりも離れた位置の声も拾えるようです。

アールスハインとシェルに褒められて、寝るまでの間に追加で何個か作りました。

◆◇◆◇◆

おはようございます。

昨日作った集音魔道具。

迂闊《うかつ》だった！　カメラとセットで使う魔道具なんだから、カメラと同じ数作らなければいけなくなった！

シェルが取り寄せてくれた葉っぱに、延々魔法陣を書きました！　また嫌な夢を見そうです！

1回1回手書きしないといけないのが、とても面倒くさい！　なんとかならんもんかと、いろいろ素材を見ていくと、なんと！　去年倒したドラゴンの魔石の欠片《かけら》を発見！　今まで触った素材の中で、断トツに内包魔力の量が多い。

でも欠片なので、そんなに大きくない。

これはこれで、魔法陣判子が作れないだろうか？　集音魔道具に飽きたので、試してみました！

まずは、魔法陣を書く。もちろん左右逆にね！　前世の甥っ子が、夏休みの宿題の工作で作ってたのを手伝ったことが役に立ったよ！　トレーシングペーパーはなかったけど、うっすい魔物の革はあったので、使ってみたら成功しました！

綺麗に転写できたのを、魔法で彫っていく。

むむ、なかなかに繊細な作業です！

指が細いというか、小さいので、細かい作業は割と得意です。

慎重に削り出し、なんとか完成！　したらお昼でした。

実験はあとにして、お昼ご飯を食べに食堂へ。

食堂入り口に来ると、何やら揉めている気配。

ちょっと高く飛んで様子を見てみると、精霊付きの女生徒に絡まれてるシェルを発見。

シェルは無表情で何も話してないのに、精霊付きの女生徒が、シェルの腕を掴んでしきりに話しかけている。

それを、近くにいるキャベンディッシュと元会長が睨んでいる。

とても面倒くさい場面。

なので強行突破します！

アールスハインらに事情を話し、そのまま進む。

俺のバリアは俺の許可がないと入れない認識阻害が付いているので、すぐ横を通ると、シェルだけ中に入れて他は弾く。

そのまま、いつもの席へ。

座った途端、シェルが大きなため息をついた。

「ケータ様、ありがとうございました」

「おちゅかれー」

「また絡まれちゃったんだね～？」

「最初は昨日の謝罪とお礼を言ってきたので、軽く流して離れようとしたのですが、腕を掴まれ、返事を強要してくるのにはウンザリしました」

「食堂に来る時は、早目に魔道具を起動した方がいいですね」

「ええ、次からは教室を出たらすぐに起動します！」


食事も済んで食堂を出ると、精霊付きの女生徒が待ち受けていた。

まだバリアの中にいるので発見されていない今のうちに、シェルと助が魔道具を発動。

姿が認識できないことを確認してから別れて、午後は情報収集の試験。

これはグループで受けられる試験で、前期の演習の班ごとに行う。

校内にいくつか設けられたポイントを、ヒントを元にいかに早く見付け戻って来られるかの試験。

スタンプラリーを思い出すね！

俺は今回は参加しません。ソラとハクはやる気満々なので参加させました。

俺は邪魔にならない場所で移動魔道具に乗ったまま、午前中の続きです。

出来上がったドラゴンの魔石製判子魔法陣に特殊インクを付けて、葉っぱの表面にペタッとね！　真ん中に魔石を置いて、魔法で焼き付け。

魔力を流すとピカッと光る。

たいがいはピカッとすれば成功だけど、一応確認は必要なので、こそっと先生の後ろに集音魔道具を置いて受信機とケーブルとスクリーンを設置。

魔力を流すとスクリーンに変化はないが、先生の声がスクリーンから聞こえてきた。

うむ、成功ですな！

では量産していきましょう。

ペッタンペッタンしているとかなりの数ができたので、魔石を置いて無尽蔵らしい魔力で一気に焼き付け。

一応確認してから、終了。

学園に設置されたカメラの分くらいは余裕でできました！

あとはカメラ魔道具に、糊付けすればいいだけにして、丸投げしよう！

また夕飯後にもお城の分を作らなきゃいけないので、俺以外でもできる仕事は丸投げで！

そもそも、どこにカメラ魔道具を仕掛けたか知らないし！

プライバシーは守られてるらしいので、俺は口出ししません！

ドラゴン魔石の判子にホクホクしてたら、いつの間にか試験も終了してました。

真面目なアールスハインらは、通常授業よりも早く終わったからといってサボったり遊んだりはせずに、訓練所を借りて、肉体強化の訓練をするそうです。

俺はそれを眺めながら、ドラゴン魔石の判子でペッタンペッタンしています。

ある程度の数になれば、一気に焼き付け。

その繰り返しを訓練が終わるまでしてたら、結構な数の集音魔道具完成！

暇も潰せて負担も少なくて、言うことなし！


食堂で夕飯を食べていると、キャベンディッシュと元会長が来た。

珍しく精霊付きの女生徒は一緒ではない。

2人はキョロキョロと食堂を見回して、精霊付きの女生徒がいないことを確認すると、キャベンディッシュは食堂の外へ。元会長はこっちに来て、手探りで見付けたバリアをノックした。

皆を見ると、仕方ないって顔をするので、中に入れてやると挨拶もせずに、

「フレイルを知りませんか？」

と聞いてきた。

「フレイルって誰〜？」

ディーグリーの質問に、なぜ知らない？　みたいな驚いた顔をしたあと、

「わ、私がいつも一緒にいる令嬢だ」

「知るわけないじゃ～ん。試験中は何度か見かけたけど、近寄りもしなかったし～」

「そうか、ならいい」

挨拶もせずに去って行った。

元会長が去ったあと、

「なんなんですかね、あの態度は。あれで元生徒会長とは、後任の私まであんなのと同じ扱いをされたらたまりません！」

ユーグラムが無表情なのにプリプリ怒ってる。

「な～んか元聖女と問題起こしてから、開き直ったようにおかしくなってってるね～？」

「テイルスミヤ先生の話では、魅了魔法の影響は完全に消えているはずなんだがな？」

「あれがもともとの性質だったのでしょう。生徒会長だった時は、一応周りの目も意識していたのでしょうが、あの事件以後、誰にも見向きもされなくなって、開き直ったんじゃないですか？」

「見事に裏目に開き直ってるね～？」

「それこそもともとの性質でしょう。まぁ誤算があるとすれば、キャベンディッシュ王子も元

会長も、女の趣味が最悪ってことですね！」

「そ～だね～。問題起こしといて、またおんなじような娘に引っ掛かるとか、学習能力疑うよね～？」

「前回のことがあるから、途中編入の際に魅了魔法の有無も検査されたそうだが、異常はなかったらしい」

「素の性質が男好きってこと？　それも最悪～」

「どちらにしても、近づかなければ問題ありません！」

「向こうから来られたら～？　試験中もな～んか周りをうろちょろされてたし～」

「はぐれた振りはしてたが、明らかにこっちに合流を狙ってたな」

「信号魔法玉を一発打ち上げれば済むことなのに、わざと先回りして声をかけられるのを待っていましたからね」

「途中から認識阻害の魔道具発動して、付いてこられないようにしたけど、気持ち悪かったね～。他の令嬢たちとは、な～んか違うんだよね～？」

「そうですね。なんと言うか、視線が粘着質と言うか、恋愛感情と言うよりは、欲しいものを手に入れられない焦りのようなものを感じます」

「そ～だね～。欲しい宝石が高くて買えない時のご婦人みたいな目だね～？」

「人として、と言うより、コレクションとして並べたい、というような欲を感じるな」

総じて不評。

普通の令嬢たちは損得とか計算とかもあるけど、前提として恋愛感情があるから、皆キラッキラした目で見てくるからね！

ああいうのは、オッサンとしてはとても微笑ましい。一生懸命アピールしようと、空回りしてるのも含めて、眩しく、微笑ましい。

それに比べて、精霊付きの女生徒は、なんと言うか好きではあるけど、どっか冷静に攻略しようとしてる、そんな感じ。

……………ん？　攻略？　そうそう、腐敗を嗜《たしな》んでいるとかいう、二番目の妹が、同じような目でゲームをしてた。妹の場合は攻略対象者同士をいかにくっつけるかを狙ってたけど
…………。

「たしゅきゅー、あのおんにゃって、じぇんしぇもちららいよにゃー？（助、あの女って、前世持ちじゃないよな？）」

「んえ？　前世持ち？　何よ、いきなり。俺らの他にもいるの？」

「にゃんかー、りみおもーだちたー（なんかー、理美思い出した）」

「理美って、二番目の妹の腐ってる理美？」

「しょー、げーむちてりゅとちの、りみしょっくり！（そー、ゲームしてる時の、理美ソックリ！）」

「ゲームしてる時の理美は知らんけど……確かに、俺と恵太が絡んでる時の目だ！」

「こーりゃきゅたいしょーみりゅめら！（攻略対象見る目だ！）」

「攻略対象！　だから前世持ち？　あり得なくはないだろうけど、どうなんだろう？　確認しようがなくない？　逆ハー狙ってるなら、本人に確認しても誤魔化されるだろうし？」

ちょうどその時、キャベンディッシュが精霊付きの女生徒を連れて食堂に入って来た。

混雑している食堂の、割と近い位置に座ったので、マジックバッグからスマホを取り出し、パシャッとね！　そしてメール画面を開き、（この人は転生者ですか？）と書き、写真を添付して送信！

ピロリン。

相変わらず返信が早い。

（そいつは転生者ではありません。元クソバカダ女神本人です。何か被害があれば、あなたのマジックバッグに特製の武器を入れておきましたので、存分に殺っちゃってください！）

マジックバッグを覗くと、頭の中にバッグの中身が表示されるみたいに把握できる。

シェルがいろいろ詰め込むせいでかなりの量の荷物だが、目的の物はすぐに分かった。

取り出してみたら…………………前世の甥っ子が持っていた、ピコピコハンマーそのものだった。

黄色い柄に赤い蛇腹の付いたハンマー。

ビニール素材ではなさそうだけど、チープさがそっくりそのまま。

唯一違う点は、ハンマーの真ん中の部分に〈神〉って付いてることだけ。

鑑定してみると（神器・神特製武器、強いよ！）

俺が無言でピコピコハンマーを眺めていると、ディーグリーが、

「可愛らしい武器だね〜。ケータ様に似合ってるけど、それで魔物倒せるの？」

「しんきらから、こっぱみじんにゃりゅかも？（神器だから、木端微塵になるかも？）」

するとと助が、

「…………しんき？　ねー、けーたさん、さっきメールしてたよね？　相手は誰か聞いた方がいいの？」

「かみしゃらねー（神様だねー）」

「…………ああ！　そんなことだろうと思ったよ！　しんきって神器かよ！　そんな恐ろしい物出さないで！　間違って誰かを叩いたら木端微塵どころか、学園が更地になるんじゃないの？」

神

「しょこまでらいと、おもーよ？　くしょばかだめぎゃみたおしゅぶきらし（そこまでじゃないと思うよ？　クソバカダ女神倒す武器だし）」

「あー、この流れから言って、元クソバカダ女神が精霊付きの女生徒ってこと？」

「てんせーしゃららくて、ほんにんらったねー（転生者じゃなくて、本人だったねー）」

「うーわ、最悪。ヒロインが退場しちゃったから、今度は自分がヒロインになろうってか？」

「たびゅん？」

「ん、でもおかしくない？　なんでヒロインがいなくなったの知ってんの？　学園内なら分かるけど、ただの平民になった元女神がヒロイン退場を知ってるのはおかしいよね？」

「たびゅん、たいきゃいのとちに、いにゃかったのみたんらない？　たいきゃいのあと、こうもんのいりぐちれ、あばりぇてたのもとめぎゃみとも一よ？（たぶん、大会の時に、いなかったの見たんじゃない？　大会のあと、校門の入口で、暴れてたの元女神だと思うよ？）」

「んん？　なんかうっすら覚えてる。あの警備員に連行された不審者？」

「たびゅん。どっかでみちゃかおらとおもったー（たぶん。どっかで見た顔だと思ったー）」

「なんか薄汚れてたのは覚えてる」

「あー、何か思い出したかもー。でも髪の色はグレーじゃなかった？」

「汚れを落としたら白い今の髪色になったとか？」

「うわ、それはばっちいね～。で？　それが何者だったたって？」

「もちょめぎゃみ（元女神）」

「…………元女神。この世界を好き勝手にいじり回した？」

「新しい神様のお墨付きらしいですよ。悪さしたら制裁しろって武器まで付けて」

「その武器がこの可愛らしいハンマー……」

ユーグラムが複雑な顔をしております。

皆も微妙な顔だし。

「まぁ、今のところは悪さと言うほどでもないし、一応城に報告だけして、様子を見るか」

「そうですね、私も教会へ知らせだけ送っておきます」

取りあえずの結論が出たので、今日は終了。

寝る前に魔道具は作れるだけ作ったけどね！

◆◇◆◇◆

おはようございます。

昨日作ったドラゴン判子のお陰でだいぶ作業が楽になったので、悪夢は見ませんでした！

今日の天気は雨です。

午前中の筆記試験の間に集音魔道具がやっと片付いて、あとは丸投げすればいいだけになりました！

手配はシェルがしてくれるので、今度は何を作ろうかを考えているうちに昼になりました。

朝もだけど、元ダ女神が近くの席に陣取って、中央の席に誘うキャベンディッシュを放ったらかしています。

ちゃっかり元会長が隣に座ってドヤ顔してますが、それ、あんたが選ばれたわけじゃないから～！　とか言ってみたい。

なので俺たちは、入口付近の席に座ってさっさと食って退散しました。


午後は魔法の実技試験です。

雨が上がったぬかるんだグラウンドです。

なぜか、SクラスとFクラスが合同で試験を受けます。

見学の俺が、隣にいるテイルスミヤ長官に、

「にゃんで、エフくりゃしゅといっしょー？（なんで、Fクラスと一緒？）」

と聞いてみると、

「Ｆクラスの生徒は、魔法制御が甘く不安定なので、何かあっても対処できるＳクラスと合同で試験を受けるんです」

と答えられた。

せっかく昼食は離れられたのに、試験で近寄られるとは思わなかった。

すぐ近くに寄られてガン見されてる皆の顔が、とてもウンザリしてる。

時間になったので、クラスごとに整列。

２つ並んだ的に得意属性の魔法玉を当てて、何発目の魔法玉で的を破壊できるかで点数が決まる。

的の距離はそれなりに離れているが、万が一があってはまずいので、的と的の間にはバリアが張ってある。

そのバリアギリギリの位置に立って、Ｆクラスの試験など見向きもせずに、アールスハインたちを見てる元ダ女神。

その態度だけで減点されてる。

「ケータ様、本当に彼女が元女神なんですか？」

「しょーみたい。かみしゃまゆってたし（そーみたい。神様言ってたし）」

「普通の女生徒に見えますがね？」

「かみしゃまのちかりゃ、にゃいかだじゃない？（神様の力、ないからじゃない？）」

「特に変わったところのないお嬢さんに見えるんですが？」

「んー、れもーがきゅえんこりぇたのがー、おかちいんらよー（んー、でも学園来れたのが、おかしいんだよ）」

「と言うと？」

「もちょめぎゃみは、まりょきゅないはじゅなんらよー？（元女神は、魔力ないはずなんだよ）」

「それは本当ですか？」

「かみしゃまが、しゅべてのちかりゃをとりあげて、にんげーにおとちたって（神様が、全ての力を取り上げて、人間に落としたって）」

「全ての力……神が言われたのなら魔力も含めてなのでしょうね？」

「たびゅん。かみしゃま、もちょめぎゃみだーきりゃいらから（たぶん。神様、元女神大嫌いだから）」

「大嫌いだからと言って、魔力まで奪うでしょうか？　それに魔力のない者に、この学園の受験資格は与えられません」

「しぇーりぇーのちかりゃつかったりゃ？（精霊の力使ったから？）」

「意思の疎通が上手くいったとして、精霊がそれほど従順に力を貸してくれるでしょうか？」

「しぇーりぇーも、もちょかきゅーしんらし、きーてくりぇりゅともーよ？（精霊も、元下級神だし、聞いてくれると思うよ？）」

「かきゅーしん、下位の神が精霊に落とされたのですか？」

「しょー、もちょめぎゃみに、きょーりょきゅちてて（そー、元女神に、協力してて）」

「なるほど。元女神の下位の神だったのならば、上下関係がそのまま継続しているのかもしれませんね。実際に精霊の力を使い、この学園に不正入学したのならば、学園長にも相談しなければいけません。この実技試験は、じっくりと観察しなければいけませんね！」

「しぇーりぇーが、まほーちゅかうとわかりゅ？（精霊が魔法使うと分かる？）」

「ええ。よく観察すれば、本人が魔法を使ったのか、精霊が使ったのかは分かります。精霊は魔法を使う一瞬だけ姿を現し、その体が淡く光りますからね！」

とても分かりやすい。

「へんにゅーちけんのとちは、わかんにゃかったの？（編入試験の時は、分かんなかったの？）」

「私はその試験に立ち会ってないのでなんとも言えませんが、分からなかったんでしょうね？」

とにかく元ダ女神の魔法を見極めようと列に目を移すと、試験は滞りなく進んでいて、試験の終わったFクラスの生徒の中には、なぜか泥んこになってる者も数名いた。

Sクラスの生徒は、泥跳ね一つ付いてないのに。こんなところでも実力の差って出るのね？

数人を流し見ると、次に的の前に立ったのは、イライザ嬢と元ダ女神。

2人は真剣な目で的を睨み、ほぼ同時に魔法を撃った。

なるほど。テイルスミヤ長官の言った通り、魔法を撃った瞬間に、元ダ女神の回りにうっすらと小さな影が現れ、その影から魔法が撃たれた。

元ダ女神からは魔力の欠片さえ出ていない。

隣のイライザ嬢は、1発目で的を半壊してる。

元ダ女神も、半壊まではいかないけど、結構な壊れ具合。

「ケータ様、見えましたか？」

「しぇーりぇーの、ちかりゃらったねー（精霊の、力だったねー）」

「ええ、間違いないかと」

その後の2発目でイライザ嬢の的は破壊され、元ダ女神は、さらに3発撃って的を破壊。

Fクラスにとっては快挙なのか、クラスメイトに囲まれて褒められている。

Sクラスの残りは3人。

ディーグリー、ユーグラム、アールスハイン。

3人は、1発で的を破壊してサクッと終了。

Fクラスの生徒が恐ろしいものを見たかのように後退《あとずさ》りする中、元ダ女神がうっとりと3人を凝視していた。

Ｓクラスは早々に試験を終えたので解散。

自分の順番は終わったからと、帰ろうとしたＦクラスの生徒もいたが、そこはテイルスミヤ長官に止められてた。

Ｆクラスは的を破壊するまでに１人１人時間がかかるので、Ｓクラスとそれほど人数が変わらないのに、まだ半分も終わってない。

俺はテイルスミヤ長官に頼まれたので、監視魔道具を２、３個その辺に設置して、アールスハインらと帰った。


今日も真面目な彼らは訓練所を借りて、肉体強化の訓練をしています。

「「アハハハハハハハ」」

「フフフフ、フフフフフフフ」

今日も絶好調に笑っております。

普段ならウットリと遠目に眺めている令嬢たちがドン引きしております。

なんだかヤバい薬を決めてハイになってる人みたいです。

試験が終了したら、騎士団に報告に行くそうだけど、恐ろしい未来しか想像できません。

「なんですかあれは？　毒でも盛られましたか？」

気配もなくシェルが背後にいました！

怖いから止めて！

「にくたーきょーかしゅりゅとあーなりゅ（肉体強化するとあーなる）」

「…………今週末には、騎士団へ報告に行くそうですね。あれを…………」

「こわいにぇー」

「はい。適当な理由を付けて、騎士団訓練場には近づかないことにしましょう！」

シェルがひどい予定を立てた！

俺は、魔道具でも作って見ない振りをしよう！

でもまだ、なんの魔道具を作るか考え付いてない。

「しぇりゅー、にゃにのまどーぐほちい？（シェルー、なんの魔道具欲しい？）」

「新しい魔道具ですか？　そうですねー、特に困っていることもないので、咄嗟には思い付きませんねー」

「んー、にゃにかにゃいかねー（んー、なんかないかねー）」

「あえて言うなら、移動の魔道具でしょうか？　毎回馬車での移動は、時々面倒になるので」

「いどー、こりぇみたーの？（移動、これみたいの？）」

「その卵形は、ケータ様にとても似合っていますが、大人が乗るには少々抵抗のあるデザインですね」

インテリヤクザなカイル先生は真っ先に乗ってたけどね！

移動移動移動と唱えながら、真っ先に思い付いたのはスノボ。

東北出身の身としては、スキーとスノボは日常品だった。

昔見た映画にも、車で過去や未来に行く話の未来編に出てたし。車輪のないスケボーとか、いいんじゃない？

では作ってみましょう！

魔法のある世界は、理屈が分かってなくても作れちゃうから便利ね！　モニターの魔道具だって音声出力とか付けてないのに、俺が想像してたテレビの機能が勝手に再現されて、音声と映像がちゃんと再生されてたし！

本体に使うのは、巨大な魔物の骨を削った板。軽くてサイズもいい感じで丈夫そう。色は濃いシルバー、燻銀《いぶしぎん》、カッコいい！

円の中に四角をいくつか書く。重力軽減、魔力調整、自動修復、安全確保、そんな感じ。

魔力の調節でスピードも高さも調節可能。

安全確保は、落ちた時に自動で拾ってくれるように。

スノボほどガッチリ足を固定しちゃうと普段使いしづらくなるので、軽く固定する感じで、板をちょっと削って足の形に窪《くぼ》みを作った。

スノボってより、スケボーになったけど。

慣れてくれれば大丈夫だろう。たぶん。

魔石を置いて焼き付け。完成。

「しぇりゅー、でちたー！」

「…………ええと、ケータ様？　この板はなんですか？」

「おお！　けーた、スノボ作ったのか！　でも雪の季節は終わったぞ？」

助登場。

「こりぇは、ゆきがにゃくても、くーちゅーとぶやちゅ！（これは、雪がなくても、空中飛ぶやつ！）」

「マジか！　そんな未来の乗り物作っちゃったのか？　スゲーな、けーた！　そんで、俺の分もある？」

「たしゅきゅーで、てしゅとしゅりゅから、いちばんにちゅくったよ！（助で、テストするから、一番に作ったよ！）」

「ああ、実験なわけね。了解、俺が一番慣れてるだろうしな！」

「まーりょくにゃがせば、あとはちょしぇちゅきくかりゃ（魔力流せば、あとは調節利くから）」

「了解了解！　んじゃ、いっちょやってみますか！」

俺からボードを受け取った助は早速ボードを地面に置いてその上に乗り、ボードに魔力を流した。

フヨフヨと浮き上がるボード。

足の角度の調節で、前にも後ろにも進む。

初めは弱く流した魔力で周囲をフヨフヨしてたけど、そのうち高度と速度を上げて飛び始めた。

数分で戻った助は、

「ナハハハ！　これ、スゲーいい！　魔力もそんなに持っていかれないし、足捌《さば》きで自由に方向変えられるし！　まさにスノボ！」

満面の笑顔で褒められました。

異常もないので、他の人の分も作ってしまおう！

ディーグリーとか、好物を目の前に置かれた双子王子みたいに、ソワッソワしてるからね。

いつものメンバープラス、テイルスミヤ長官と、一応インテリヤクザなカイル先生の分も作って配った。

カイル先生には前に、今使ってる移動魔道具もらっちゃったしね！

特に難しい操作もなく、運動神経のいい彼らは、10分程度で乗りこなし、

「ナハハハハハハ」

「「アハハハハハハハ」」

「フフフフ、フフフフフフフ」

笑っておられる。

シェルだけは無言で飛んでるけど、ニヤニヤ通り越して、ヘラヘラした顔になっている。

令嬢たちが、どんどん距離を離していく。

後日、ボードを渡したカイル先生は、ギャハハハハと笑いながら魔力の調節を誤って、ボードから落ちて地面スレスレでボードに助けられて、テイルスミヤ長官に説教されてた。

まぁ、全員にすごい感謝されて褒められたからいいだろう。

◆◇◆◇◆

おはようございます。

今日の天気は土砂降りです。

今日は、午後の実技試験がないので関係ないけど。

朝食を食べに食堂へ行くと、いつも俺たちが座ってた席に元会長と元ダ女神が座ってて、キャベンディッシュが何か話しかけてた。

近づく気もないので、入口側の席で朝食を食べ、さっさと退散。

午前中は、材料がある分だけボードの量産。

絶対欲しがる人が出てくるからね！

そうそう、テイルスミヤ長官に、ドラゴン判子のことを報告したら、ものすごく驚かれた。

ドラゴン判子を渡してテイルスミヤ長官にも使えるか試してみたら、問題なく魔法陣が転写されて、でも焼き付けは普段よりも多くの魔力を持っていかれたそうです。

魔力を流して焼き付けるだけなので、魔力は多いけどろくに魔法を使えない使用人の人たちにも試してもらうそうです。

ドラゴン判子の魔力が切れないうちは、使えそうなので安心。

集音魔道具だけじゃなく、カメラとモニターとケーブル魔道具のドラゴン判子も作らされたけどね！

俺が量産させられなければ全然いいです！

どの判子にも、悪用防止は付けといたし。

判子はドラゴンの魔石以外でも作れるのかも、検証するそうです。

その辺は俺は知らんけど。

俺の書いた文字のことも聞かれたけど、前世の文字で、幼年学園で習うだけで千文字超えるって言ったら諦めてた。

漢字って難しいよね！　俺だって全部読めて書けるか自信ないし！


昼ご飯を食べに食堂に行くと、入口に仁王立ちする元ダ女神。

隣には元会長とキャベンディッシュ。

見付からないように通りすぎて端の席に座ると、元ダ女神が来そうだったので、中央壁際の席で食べた。

なので、助とシェルとは合流できなかった。

2人も状況を見れば分かるだろうしね。


午後は訓練所を借りようかと思ったけど、土砂降りなので室内訓練所。と思ったら、先約がいて借りられなかった。

試験4日目ともなるとストレスが溜まってくるのか、騎士科の生徒が体を動かしたくなったらしい。

さてどうしましょう？　普段から勤勉な彼らは試験に焦ることもなく、やっと成功した肉体強化の訓練が楽しすぎて、他のことをやる気が起きないらしい。

それじゃぁ暇潰しに、古魔道具屋さんにでも行きますか、ってなって出発。

土砂降りでもバリアで濡れなくできるしね！

既に常連な魔道具屋さんに到着。入ろうとしたら、先頭のディーグリーに止められた。

何事？　と思ったら、中から怒鳴り声。

「なんで呪われた魔道具がないのよ!?　ここに来ればあるはずでしょ！　中古屋のクセに客を選ぶ気？　お金ならあるって言ってるじゃない。さっさと出しなさいよ！」

後ろ姿しか見えないが、元ダ女神が店主に怒鳴っている。

なぜ奴が呪われた魔道具を欲しがっているのかは謎だが、関わりたくないので店には入らず退散。

この分だと他の古魔道具屋さんにも行くかもしれないので、ちょっと様子を見ようと近くのカフェへ。

窓から様子を窺いながら、お茶を飲む。

相変わらずかっっっったいデザートの果物部分だけを食べて、あとはアールスハインが食べた。

しばらくすると、いかにも怒ってます！　といった様子で店から出てきた元ダ女神。

そのまま濡れながらどこかに消えて行って、姿が見えなくなったのを確認してから、古魔道具屋さんに向かう。

「いらっしゃーい。お、あんたたち、ちょうどいい時に来たね！　２日前に呪われた魔道具が入ったばかりなんだよ。匂いでもしたかい？」

笑顔で迎え入れた店主。

「あれ～？　さっき覗いた時は、呪われた魔道具はないって言ってなかった～？」

「聞いてたのかい？　人が悪いな。さっきの客は、以前にも来た客なんだけど、やたら注文が多いクセに金払いが悪くてね。こっちだって滅多に売れない商品だから、かなり安く出してるのに、さらに値切ろうとされたら売る気が失せるってもんでね～」

「あ～分かる！　鮮度を気にする商品以外は値切られるのはムカつくよね～。しかも呪われた魔道具なんてお遊び品は、金が払えないなら諦めればいいのに～。なんでそのお客は値切ってまで呪われた魔道具を欲しがったんだろうね～？」

「あー、なんでも自分なら上手く呪いを解くことができるから、有効な使い方ができるとかなんとか言ってたな」

「ふ〜ん、教会の枢機卿様でも苦戦する呪いを解けるなんて、ずいぶん自信あるんだね〜？」

「まぁ、うちは払うもん払ってくれるなら、その後どうしようと構わないんだけど、やたらと偉そうにそれを寄越せ！　とか言われちゃーねー」

「アハハ、そりゃ売る気になんないね〜」

「そうなんだよ。んで、おたくらは買ってってくれるのかい？」

「買わせてもらうよ〜。ちゃんと提示額でね！」

「毎度ありー」

ディーグリーが悪い顔でニヤリとすれば店主もニヤリと返して、棚の奥の魔道具を出してきた。

「それにしてもあんたたちも物好きだね。こんなに呪われた魔道具を揃えて、何に使うんだい？」

っと、これはただの興味だから障りがあるなら答えなくてもいいよ？」

「ん〜何に使うわけでもないんだよね〜。最初は気に入らない奴にちょっと悪戯を仕掛けたり、一応解呪の練習用に買ったんだけど、その後は本当に趣味みたいに集めてるだけだから〜」

「あー、まぁ、コレクターってのはどんな物にもいるわなー」

「そーそー。なんか癖になっちゃってるだけなんだよね〜」

「まぁ、それだけの財力があれば、なんでも好きに集めたらいいさー」

「うん。飽きるまでは続けようと思ってるんで、またよろしく～」

ディーグリーのゆるい雰囲気とトークに、金持ちの道楽息子だと店主に信じさせることに成功。

そのまま呪われた魔道具を買って店を出た。

店に入る前に、この店で以前買って解呪した魔道具を全て外してたところもさすが！

こういう面を見ると、ディーグリーの頭のよさを感じる。

普段は割とアホの要素も多いのに！

そのまま学園に帰り、どうせ暇なら久しぶりに米でも炊くか！　ってなって、学園に着いた途端合流したシェルに手配してもらって部屋を借りて、シェルが助を呼びに行ってくれてる間に、ディーグリーが米を洗って浸水しといた。

米のことでも話したのか、助とシェルが間もなく到着。

おかずのリクエストは醤油味の唐揚げ。

ユーグラムは初体験になるが、ディーグリーとシェルがすごい勢いで勧めるので興味を持った様子。

唐揚げは大量に下味を付けて、しばらく放置。

ほっとくと肉ばかり食う若者に、野菜も食わせるために味噌汁は野菜の具を多めに入れた。

出汁はキノコ。なんかこのキノコも魔物らしく、巨大で黄緑に紫の水玉模様なんだけど、いい出汁が出るって鑑定が！　煮れば水玉は消えるしね。

あとは軽くサラダと、大根のきんぴら。

大根の葉っぱを使ったふりかけ。

米を炊いて、唐揚げを揚げて完成！

ご飯初体験のユーグラムが最初、ご飯の見た目が虫っぽいって騒いだので、パンもあるよ？って言ったのに、隣の2人がガッツガッツ食べるのを見て、ちょっとだけ食べてみたら嵌まりました！　今は隣に負けないくらいガッツガッツいってます。

こんな調子では米がすぐになくなってしまいそうな予感。

城では絶対に出しません！　絶対に！

全員が腹を擦ってしばらく動けないくらいに食べて、部屋へ戻る。

途中で食堂から出てきた元ダ女神に遭遇。

久しぶりの米を腹いっぱい食べすぎて、全員が油断しまくっていたため、バリアを張る暇もなく遭遇してしまった！　不覚！

「ああー、皆さん、どちらに行ってたんですかー？　食堂にもいらっしゃらなくて、皆さん探してらっしゃいましたよー？」

主に声をかけているのはシェルにだが、目線はアールスハイン、ユーグラム、ディーグリーを順々に、舐めるように見ている。

俺と助のことは眼中にないかのよう。

体をグネグネさせながら、上目遣《うわめづか》いで見てくる。

あらためて見てみると、顔立ちはまぁ、整ってはいる。綺麗よりは可愛い寄り。

髪は白髪で腰までの長さ。身長は低く、体型は華奢《きゃしゃ》。目が大きく鼻と口は小さめ。

どこか二股女に似た顔立ち。

ギャル男神の方が綺麗な顔立ちで、ついでに神々《こうごう》しさがあった。

シェルがものすごく不本意そうに、

「なんのご用ですか？」

と聞けば、

「ええと、特に用事はないんですが、皆さんの姿が見えないから、他の方たちがザワザワしてました－」

「私共は常にバリアを張っているので、姿が見えないのはいつものことだと思いますが？」

「えええと………」

「用がないなら失礼します」

シェルがバッサリ切って捨てるように言えば、無言であとに続く面々。

背後では、あの、とか、待って、とか言ってるが無視。

全員の足が無駄に長いのに比例して、歩く速度が速い速い！　普通の令嬢なら追い付けない速さ！　なんとか根性で小走りしながら追ってきた元ダ女神も、途中で脱落した。

角を曲がった途端、認識阻害の魔道具発動！　元ダ女神の様子を窺うと、壁を蹴っていた。

「もう、なんなのよ！　こんな美少女が話しかけてるんだから、もう少し反応してもいいはずでしょう!?　魔道具屋も外ればっかりだし！　ここでレアアイテムゲットしなきゃ、あとあと逆ハー狙えないじゃないの！　キャベンディッシュとエチェットはすぐ落ちたのに、なんで他との接点ゼロなのよ！　そりゃ出会いイベントはこなしてないけど、これだけ何回も顔を合わせれば、何かリアクションがあるべきでしょ！」

見てる方が痛くなるほど壁を蹴っているが、丈夫だな？　元ダ女神。

「そうよね、やっぱりあれが必要だわ！　あの魔道具があれば、あとは思うまま！　私の言うことを聞かない駒なんて、いること自体おかしいのよ！　そんなの認めないから！」

最後にガン、と音がするほど壁を蹴って去って行った。

「う〜わ〜、駒だって駒！　さすが元女神。人間のことなんて、思い通りに動いて当然と思ってるんだね〜。こわ〜！」

「失格になるのも頷ける性根の悪さですね！」

「奴の望んでいる魔道具も気になるな」

「そうですね～。なんかあの口振りじゃ、人の意思をねじ曲げて自分の思う通りにできる、みたいな印象でしたし！　そんな物を奴に渡すのは怖いですね～！」

「今週末は予定を変更して、魔道具屋を回った方がいいだろうか？」

「確かに、そのような魔道具があり、近々手に入るような口振りでしたからね。今まで手に入れた呪われた魔道具の中には、人を操るような魔道具はありませんでしたし」

「明日も午前中の試験のみだし、近場の魔道具屋なら回れるでしょ。他は週末に回るってことで～」

「ああ、予定変更の手紙を出しておこう」

「では、まずは明日の午前中の試験をサクッと済ませましょう！」

ユーグラムのまとめに皆が軽く笑って解散した。

◆◇◆◇◆

おはようございます。

今日の天気は曇りです。

試験最終日です。

Ｓクラス以外の生徒の顔が、心なしか明るく見えます。中には疲れ切って魂が抜けたような生徒もいるけど！

食堂の中央の目立つ席には、この頃邪険に扱われていたキャベンディッシュが元ダ女神を隣に座らせ朝食を食べてます。

その顔がとてもご満悦そう。

元ダ女神の正面の席には元会長も座ってる。

それを横目に端の席に座り、朝食を食べ教室へ。

皆が試験を受けてる間に、昨日買った魔道具の解呪。

以前買い漁った魔道具とそんなに変わりはなく、４個のうち１個が収納系。残り３個が攻撃系。

収納の魔道具は、学生鞄のような形なのに生の食材しか入れられない。容量は教室２部屋分くらい。

攻撃の魔道具は、１回だけ広範囲に火の雨を降らせる物、５、６回使える土の壁で閉じ込めて相手を窒息させる物、魔力が切れなければ何回でも水の槍を飛ばせる物。

どれも騎士団行き決定な魔道具ばかり。

昨日元ダ女神が言ってた、精神操作系の魔道具はなし。

どんな物が出てくるのかは知らないが、対策をしとくべきだろうか？

防御系の魔道具は作ったことがないが、円の中に丸を書けばいいんでしょ？　丸だから、書く順番さえ間違えなければ、文字数は多くても大丈夫。

マジックバッグをゴソゴソしながら探す。

いつ相手が仕掛けて来るか分からないので、常に身に付けられる物じゃないとね！

でもあんまり小さいと、魔法陣を書くのが面倒くさい。

なので冒険者の身分証明なドッグタグに、もう1枚プレートを足すことにした。

アールスハインたちも、公式な行事以外の時は常に首から下げてるからね。

この先多くの枚数が必要になる可能性があるので、まずは判子を作ります。

防御系の魔道具の場合、丸の中に上下右左の順番に文字を書くのは変わらないけど、丸の中に等間隔で文字を書かないと、バランスが悪くなるそうです。

円の中に丸を書く。

丸の中にバランスよく、精神攻撃無効、さらに内側に四角を書き、犯人照射も付けてみた。

これで、この魔道具を持ってる人に精神攻撃をした場合、犯人は照らし出される予定。

これをドラゴンの魔石に転写して、魔法で彫っていく。

繊細な作業なので、午前中のほとんどの時間を使ってしまった。

ボードを作った時に出た端材を薄く切って形を整え、魔石を置いて焼き付け。

ピカッとして完成！

それを何枚か作り、午前中が終了。


着替えて街へ。

ディーグリーのお勧めの食堂でご飯を食べながら、魔道具の説明をして皆に配ると、すごい感謝されました！

判子はあとでテイルスミヤ長官に渡す予定。

シェルが教えてくれたんだけど、最近お城では焼き付け係とかいうバイトが流行《はや》ってるそうですよ！

そして俺のマジックバッグには、いつの間にかドラゴンの魔石の欠片が増えてましたよ！

シェルったら、俺のマジックバッグが取り出すのは俺しかできないけど、入れる方は誰でもできることに気付いてからか、いろいろ詰めすぎだと思う！　知らんもんがいつの間にか増えてる！

訓練も兼ねてボードで移動していると、気付いた街の人がザワザワしたけど、屋根の上を飛んでるので邪魔にはなりません。

途中、衛兵さんに止められたけど、学園の生徒だと言うとアッサリ解放されて驚いた。

大丈夫なのか聞いてみたら学園の生徒はたまに街中でやらかすので、危険行為じゃなければ見逃されるらしい。

街の人も慣れてるから平気だって。

それでいいのだろうか？


古魔道具屋さんに到着。

念のため元ダ女神がいないことを確認してから店内に入る。

顔見知りな魔道具屋さんの店主と軽く雑談をして、呪われた魔道具のことを聞く。

「あんたらが買ってくれて以来、うちには新しいのは入ってないねー。なんだい、この頃は呪われた魔道具が学園の流行りなのかい？　この前も可愛らしいお嬢ちゃんが買いに来たけど？」

「流行ってはいないかな～？　俺のは完全に趣味だし、その子は何に使うか言ってた？」

「なんでも聖女になるための修行で、解呪の能力を高めるためとか言ってたぞ？」

「？　聖女って、異なる世界からご降臨されるんだよね～？」

「そー聞いてたからよ、なんか変な嬢ちゃんだと思って売らなかったよ！　金も持ってなさそうだったし！」

ニヤリとする店主に、ニヤリと返したディーグリーが、

「それ正解！　そもそも教会は聖女の修行なんてしてないし！」

「なんでお前さんが知ってんだ？」

「俺の学園の友人には、教会のお偉いさんの息子がいるからね！」

「ほう。ならあの嬢ちゃんは嘘をついてたってことかい？　他の古魔道具屋にも行ってるみてーで、噂になってたんだが、こりゃ情報回しといた方がいいかね？」

「ん〜。ちゃんとお金出すなら売ってもいいだろうけど、昨日行った古魔道具屋さんの話では、かなり値切るらしいよ？」

「そりゃ〜売れねーなー」

店主とディーグリーがニヤリ。

そのお店では結局呪われた魔道具は買えなかったけど、元ダ女神の情報が手に入ったので次の店に。

3軒ほど古魔道具屋さんを梯子《はしご》して、呪われた魔道具は2個しか買えなかった。

今日は近場の魔道具屋さんだけで終了。

2個の魔道具のうち1個は、1時間ほど姿を消せる魔道具、もう1個は3時間ほど涼風を吹

かせる魔道具だった。

明日は馬車で移動して、かなり距離のある店を12軒回るので、早めに晩ご飯を食べて早めに寝た。

◆◇◆◇◆

おはようございます。

天気は曇り。

休日の今日は、朝早くから街に出て古魔道具屋さん巡り。

ボードに乗ってスイスイ進む街は、この国一番の大きな街だけあって、多くの人が暮らしている。

馬車からの視点とは異なるその風景に、皆も興味深く観察しながらボードを飛ばす。

学園は王都の外れにあるが、比較的治安のいい場所にあるため、進むに連れて景色が雑多になり、活気はあるが治安も悪くなっていく。

衛兵さんが巡回する隣の通りで引ったくりが発生していたり、路地で喧嘩《けんか》をしている柄《がら》の悪い集団がいたり、たまに獲物を物色中のスリなども見かける。

昨日街を飛んでいたのを見られたからか、衛兵さんに手を振られることも何度か。

隣の通りを指差すだけで、何か伝わったらしくすぐに駆けつけてくれる。

普段ならだいぶ遠回りする馬車道を、飛んで直線距離で進めたので、目的地にはあっという間に着いた。

平民街と呼ばれるこの辺の古魔道具屋さんは両極端で、人がよすぎて儲けられない店か、いろいろ誤魔化そうとして失敗して信用を失った店かのどちらかしかない。

油断のならない店も多いので、ほとんどの場合、話をするのはディーグリーのみ。

他の面々は、付き合いで来ましたって顔で他の魔道具を見たり、時には店にも入らず近くで串焼き肉とかを囓っていたりする。

これから行く店は、油断のならない方の店。

汚れたガラス戸を開け入っていくのは、ディーグリーと俺とシェル。

シェルが同行するのは、ディーグリーをよりお金持ちのボンボンに見せるため。

俺はディーグリーの年の離れた弟設定。

鑑定できるの俺だけだし！　魔道具に見せかけた危険物は買いません！

店主は小太りのハゲ親父。一見いい人そうだけど、よく見るとディーグリーを見る目が油断なく値踏みしている。

地味だけど、お高い生地の服着てるからね！

店主は以前に呪われた魔道具を買った客を覚えていたようで、途端に愛想がよくなる。

「おお、いらっしゃいませ！　以前にも来ていただいたことのあるお客様ですね？」

「あ〜、うん。ねえ、あのあと新しい呪われた魔道具って入った？　あるなら欲しいんだけど？」

「ええ、ええ、ありますとも！　お客様がまた来ると仰ったので、他の奴には売らずに取ってありますとも！」

他の客には売れなかったのを大袈裟に言っている様子に呆れる。

「へ〜、見せて見せて！　面白かったら買うから！」

「坊っちゃん、あまりつまらない物にお金をかけるものではありませんよ！」

「え〜、い〜じゃん。今のところ唯一の趣味なんだから〜！　前みたいに危ないものは買わないから〜」

シェルと小芝居をしつつも、店主が奥から箱を持ち出して来たのを興味深く覗くディーグリー。

その箱には雑多に何個かの魔道具らしき物が入っていて、中にはウニョウニョの生えた物もあった。

こそっとディーグリーに合図を送り、無邪気な幼児を装って、呪われた魔道具にチョンチョンと触る。

「おおーっと坊っちゃんダメでちゅよー。これは坊っちゃんにはまだ早いでちゅよー」

赤ちゃん言葉が癇《かん》に障《さわ》るが、すかさずディーグリーが俺をシェルにパスして、呪われた魔道具の入った箱を覗き込む。

「ん～、結構あるね～。これなんか、どんな作用があるの？」

「ああ、これはですね…………」

一通りの説明を聞いたあとは、俺の触った魔道具だけを3個選びお会計。

呪いのない魔道具も売り付けようとしてきたが、ディーグリーがムッとした顔をすればすぐに収まったし、想定内の請求額だったので、提示額で払ったら揉み手しながら送り出してくれた。

こういう小物は特に気を遣うこともないのでサクサク進む。

小物な店主と善良な店主の店を巡り、午前中で10軒の店で呪われた魔道具を買った。

移動が早いので予定よりもだいぶ早く回れて、残り2軒を残して昼食を食べるために食堂へ。

残り2軒は、かなり油断のならない店なので、ディーグリーの気力回復のためにも休憩を入れる。

下町と呼ばれる庶民向けの住宅街にある食堂だが、ディーグリーの商会の系列店なので安心して昼食を食べられる。

肉はまだ硬いので、芋がメインのシチューを食べた。皆はガッツリメニューだけど、やっぱり肉が硬くて、食べられるけど不満そうな顔は隠せなかった。

食堂からボードに乗って古魔道具屋さんへ。

いかにも怪しげな佇《たたず》まいの店に入る。

メンバーはディーグリー、アールスハイン、シェルに助。

アールスハインと助が護衛ぶって睨みを利かせ、シェルが侍従。

ユーグラムと俺は店の外で待機。

呪いの有無くらいはアールスハインと助の、破邪の眼で見分けられるようになったからね。

ユーグラムと2人で路地の端っこにいると、治安の悪さも手伝って、柄の悪い大柄な男たちがジロジロと見てくる。

よく見ると他の路地からも怪しげな男たちが、徐々に近づいて来ているのが分かる。

面倒くさいことになる前に姿を隠しておくべきだった。なので、

「アーー!」

と大きな声で上を指差して、男たちの視線を上に向けた途端に認識阻害のバリアを張って、店の前に移動。

急にいなくなった俺たちに驚いて、何人かの男たちが俺たちのいた場所に駆け寄って来たが、その場所にはもう誰もいないので、周りの男たちも集まって来て、下っぱらしい数人の男が殴られたり蹴られたりしてた。

その後しばらく待って店から出てきた3人は、ひどく疲れた顔をしていたが、もう一軒。

今度も怪しげな佇まいの店に、認識阻害のバリアを張ったまま、俺とユーグラムも一緒に店に入った。

やり取りは全てディーグリーに任せ、俺とユーグラムは気配を消して無言で店の隅にいただけ。

店主は深くフードを被った年齢不詳、性別不詳なとにかく怪しい人物だった。

なんとか無事にやり取りをして、店を出て安全圏の個室のあるカフェに着いた途端、皆の顔から緊張が解けて、深く深くため息をついた。

「あ〜、今回で当たりが出てくれないと、次回はあの2軒には行きたくない〜！」

「目も見えないのに、やたらプレッシャーかけてきてたしなー。店の外には用心棒らしいのが何人もいるし、できれば俺も遠慮したいね」

「只者ではない気配だったな」

次々と購入した魔道具をテーブルに載せながら、3人が愚痴を言う。

怪しいことしか分からない人物の相手は、相当疲れたようだ。

今日回った12軒の店で買った、呪われた魔道具は全部で18個。

うち6個が収納系、3個が攻撃系、7個が防御系、残り2個はガラクタ。

収納系は、どれも限定が付いた物で、防御系は、物理防御のみ。ガラクタは本当にガラクタ。

ただただ延々回ってる玉って何に使うのさ！　で、残りの攻撃系に当たりを発見。

「おー、ビンゴー！　せいちんそうしゃのまーどーぎゅはっけん！（おー、ビンゴ！　精神操作の魔道具発見！）」

「おお！　やっぱりそっち系か～！」

「精神操作、自分の意思の通りに相手を操作する能力か」

「んー、これも、このまーどーぎゅ、かんじぇんにかいじゅしゅると、せいちんそうしゃののーりょくなくなりゅねー（んー、でも、この魔道具、完全解呪すると、精神操作の能力なくなるね）」

「んん？　どういうこと？　精神操作の魔道具なんでしょ？」

「はんぱーにのりょいとくと、せいちんそうしゃのまーどーぎゅらけど、かんじぇんにのりょいとくと、あいてをこんりゃんしゃせるまーどーぎゅになりゅねー（半端に呪い解くと、精神操作の魔道具だけど、完全に呪い解くと、相手を混乱させる魔道具になるねー）」

「半端に解呪すると精神操作の魔道具で、完全に解呪すると相手に混乱を与える魔道具…………

あの子、あんなに自信満々だったのに、結局完全に解呪できないままの魔道具を使う気満々ってこと？」

「彼女にとっては、そちらの方が都合がいいのでしょうね」

「う～わ～、その後の展開が想像できて、嫌な予感しかしないね～」

「ええ。そうさせないためにも、ここでこの魔道具を手に入れられたのは大きいですね！」

「あ～、苦労した甲斐があった～！」

「ああ、助かった。これ以上、奴の好きにさせるわけにはいかないからな！」

無事に心配事が解決したので、安心して学園に戻った。

◆◇◆◇◆

おはようございます。

今日の天気は晴れです。

試験が終わって休日を挟んだからか、生徒たちの顔がゆるんでいます。

前後期制の学園には、夏休みと冬休みしかないのかと思ってたら、試験後2日登校したら、10日ほどの休みに入るそうです。

休み中の予定では、前半5日間は肉体強化のお披露目がてら、騎士団での訓練。

残り5日間は、美味い肉を求めて演習に行った森へ行く予定。

悪の大物顔な肉屋のガジルさんの知り合いの冒険者が同行してくれる。

さすがに学生だけで森へは行かせられなかったらしい。

結構有名なAランク冒険者が同行してくれるので、許可が下りた。

アールスハインの仕事はいいのかと思ったら、この王子様は自主的に仕事を回してもらっていたらしく、別にやらなくてもよかったらしい。

むしろ友達と遊びに行く予定を立てたら、王様と王妃様に喜ばれたとか。

シェルが笑いながら話してた。

で、今日と明日の2日間は何をするかと言えば、試験結果の発表と、お疲れ様の立食形式の軽いパーティーだそうです。

試験の項目にはなかったけど、全員のダンス審査もあるらしいよ。

パートナーは自由。

誰と何回踊ってもいいらしい。

アールスハインは？　って聞いたら、イライザ嬢と踊るそうです。

イライザ嬢は未来の姉なので、変に騒がれなくてお互いに都合がいいんだって。

ユーグラムとディーグリーは、イライザ嬢のお友達の令嬢が相手をしてくれるそうです。

助は騎士科の先輩の女性騎士。

シェルもクラスメイト。

助が踊る姿を想像して笑っちゃったけどね！

この世界に来てからイケメンになったので、それほど違和感はないのかもしれないけど、前世のリズム感皆無《かいむ》の姿を知ってるだけに、笑いが止まらないよね！

盆踊りを逆流する奴だし！


試験結果の発表は、校舎入り口の掲示板に学年ごとに上位百番まで張り出される。

1年1位はアールスハイン。

今回の試験からは、魔法実技の成績も加算されるので、今まで取れなかった1位を取った。

2位はユーグラム。5位にディーグリーの名前もある。

と言うか、上位22人は全員Sクラス。

とても優秀。

ユーグラムとディーグリー、助とシェルに軽く祝福されてはにかむアールスハイン。

周りの令嬢たちが、息を呑んでその顔を凝視してる。

騒ぎになる前に撤収。

今まではユーグラムが常に1位を独占してたらしく、ちょっと悔しそうなのをディーグリーがからかっていた。

助とシェルとは途中で別れ、教室へ。

3位のイライザ嬢が、

「アールスハイン殿下、1位おめでとうございます。呪いが解呪されてまだ1年も経っていないのに、素晴らしい成績ですわね！」

「ありがとう、イライザ嬢。今後も維持できるよう精進するよ」

「フフフ。これ以上精進されては、護衛騎士の立場を奪ってしまわれますわ！」

そう言って離れて行った。

その後も何人かのクラスメイトに祝福の言葉をもらい、軽く返しながら席に着く。

「言われてみれば、アールスハイン王子が魔法を使えるようになって、まだ1年経ってないんですよね〜」

「そうですね。その間にものすごい勢いで魔法を習得し、全員を抜き去って行かれた」

「もともと魔法抜きでもSクラスに入れるくらい成績はよかったですけど、魔法の習得と上達の速度が半端ないっていうね～！」

「ええ、規格外が側にいて、指導者が国一番の魔法使いというのもあったでしょうが、それにしても異常な早さですね！」

ちょっと恨めしげな目でユーグラムとディーグリーが愚痴をこぼす。

「まぁ、指導者と見本がよすぎて、常識を知らなかったのが原因だな？」

「それにしてもですよ！」

「そう言う2人も、常識から外れつつある自覚があるだろう？」

「あ～、まぁ、普通は空は飛ばないかな～？」

「肉体強化もしませんし、剣に魔法も込めませんね！」

「騎士団に指導する側で参加もしないな！」

笑いながら3人に見られますが、エヘッと笑って誤魔化しておきます！

「可愛く笑っても、全てはケータ様が原因ですよ～」

ディーグリーに頬っぺたをツンツンされた。

そんな風に戯れていると、我らがインテリヤクザな担任カイル先生が、上機嫌に教室に入ってきた。

「おう、お前ら。さすが俺のクラス！　上位独占、よくやった！」

笑う顔が凶悪だけど褒められた。

「試験の結果はおのおの目を通して、まぁ、間違ったところはちゃんと直しとけー。それと上位10人は飛び級の試験も受けられるから、受けたい奴は、連休明けに言いに来ーい。以上、解散！」

他のクラスならば間違いが多い点の注意とか、次の試験の対策に読んでおくべき本とか、いろいろやるらしいが、Sクラスの生徒には不要らしい。

驚くほど早く終わった。これ、わざわざ集まる意味はあるのだろうか？

疑問には思ったけど、皆が軽く流すのでまぁいいのだろう。

他のクラスは、ザワザワと落ち着きがない中、着替えて訓練所へ。

午前中いっぱい、肉体強化の訓練をして早目に食堂へ。


早目に着いた食堂は、当然空いているが1年Sクラスのみがいるわけではない。

2年Sクラス、3年Sクラスからも、また早目に食堂に集まった生徒は多い。

無駄に騒ぐ生徒もいないので、特にバリアも張らずに周りの話を聞いてみる。

「色ボケ元会長、Sクラス落ち決定？」

「だろ？　素行不良のうえに50位以内にも入ってないって、連休明けにはクラス落ちしてるだろ！」

「もともとギリギリだったしなー」

「そのくせ、態度はやたらでかいし偉そうだし、今までは顔と身分だけ目当ての令嬢に騒がれてたけど、今は見向きもされないっていうね！」

「そのライバルのキャベンディッシュ王子も、キャーキャー言われたのは最初だけだったなー」

「クシュリア妃のご実家がお取り潰しになってからは、王子妃狙いの肉食系令嬢も撤収早かったしなー。今はアールスハイン王子を狙ってるらしいけど、近づけもしないってね！」

アールスハイン王子が狙われてるそうですよ？

アールスハインの顔を見ると、ほんのり苦笑してるだけでコメントはなし。

まぁ、ここにいるメンバーは皆、顔がいいので令嬢たちに騒がれるのは慣れている様子。

さっさと昼ご飯を食べて、また訓練に戻った。

訓練所には、アールスハインら目当ての令嬢たちが遠巻きにこっちを見ているが、今は肉体強化の訓練中。

「「アハハハハハハハハハ」」

「フフフフフ、フフフフフフフフ」

絶賛爆笑中です！　こんな姿見たら恋心も冷めるよね！　訓練後も、若干余韻が残るのか、移動中もほんのり微笑んで、いつもよりだいぶ柔らかい印象になるから、その時を狙うべきだよ！　訓練中は見ないふりした方がいいよ！

と心の中でのみ、令嬢たちを応援しました。

爆笑しながらの訓練は、途中助も参加して、さらに笑い声が追加された。

シェルは訓練が終わったと同時に合流してきた。狙ってたな！

食堂に着くと、中央の席にキャベンディッシュと元会長、元ダ女神が談笑していたが、３人を見る周りの目が、いつもよりも温度が低い感じ。

近くを通りかかる時に話を聞いてみると、キャベンディッシュはＣクラス、元会長はＳクラス落ちほぼ決定。元ダ女神はＦクラスにもかかわらず、人間関係を身分や試験の結果だけで区別するのは愚か者のすることだ！　そんなものより大事なものはいくらでもある！　それを分かっている自分たちは偉大だ！　みたいなことを大声で喚いているらしい。

試験結果がよくない奴の言い訳ですね！

端の方の席で仲間内に話すならまだ可愛いものだが、王子が皆に聞こえるように話す内容ではない。だから皆の視線がいつもより冷たいんですね！

絡まれてもろくなことがないので、さっさと食って退散しました！

◆◇◆◇◆

おはようございます。

今日の天気は晴れです。

今日は試験明けのお疲れパーティーのある日です。

パーティーはお昼少し前から夕方まで開催され、パートナーと一緒に担当の先生に申請して、ダンスの審査をしてもらえばあとは好きにしていいそうです。

このダンスパーティー用に、平民の生徒には礼服とドレスの貸し出しもしているそうです。

朝食を食べに食堂に行くと、令嬢たちの姿がほとんどなくて不思議に思っていたら、パーティーの支度に忙しくて食事どころではないそうです。

令嬢って大変。

アールスハインたちの待ち合わせは、開始ちょっと前。

男子が遅れるのはマナー違反なので、早目に用意を済ませ女子寮の前に集合。

シェルが張り切ったのか、俺までジャケットと半ズボン、ベストの三つ揃いのスーツを着せられた。

短い髪にもワックスのようなクリームを塗られ、蝶ネクタイをされる。

甥っ子の七五三を思い出した。

アールスハインは年始のパーティーに着てたみたいなお洒落軍服に、ピッカピカに磨かれた靴を履いてる。

すごくカッコいい、無駄に長い足が強調されてる。

シェルは燕尾《えんび》服をちょっと丈を短くした感じの服。こっちもカッコいい。

集合場所の女子寮の前に行くと、ユーグラムとディーグリー、助は既に到着していた。

ユーグラムはヒラヒラのシャツに、長いジャケットに細身のズボン。

ディーグリーは刺繍の派手な短いジャケットにゆったりしたズボン。

助は騎士服の豪華版みたいな服。

全員の靴がピッカピカ。

男子の靴がピッカピカなのは、ダンスを踊ったあとに踏まれた跡を確かめるためだって！

シビア！

一番先に来たのは、助のパートナーの先輩女性騎士。

深い緑のグラデーションのドレスを着て、濃い茶の髪をアップにした、ちょっとだけ肩回りの筋肉が発達した令嬢。

十分綺麗なんだけど、ガッツリ肩の出たドレスは本人的には恥ずかしい模様。

恥じらう姿が微笑ましい。

助が礼をして手を差し出し、令嬢が応えて手を乗せるとちゃんと褒めて、2人は仲よく会場へ。

次はシェルのパートナー。

淡い茶髪を緩くアップにして、クリーム色のフワフワのドレスを着てる。可愛らしいお嬢さん。

助と同じ流れで会場へ。

通りすぎていく令嬢たちが、パートナーそっちのけでこっちをガン見していく。

次に来たのは待ち人ではなく、元ダ女神。

白い髪をハーフアップにして、淡い緑のヒラヒラドレスを着ている。

ドレスの色が反射して白い肌が青白く見える。

なんだか不健康そう。

しかし、パートナーだろうキャベンディッシュか元会長の姿はまだ見えない。

俺たちの近くでウロウロしていて、時々チラ見してくるのがウザい。

知らん顔してるのに、なんとか視界に入ろうとしてるのか、無駄にチョロチョロしてるし。

やっと待ち人が来た時も俺たちの前をウロウロしていて、とても邪魔だったのだが、まずディーグリーが、次にユーグラムが礼をして、アールスハインの場合は先にイライザ嬢が礼をして、おのおのにパートナーに褒め言葉をかけて会場へ。

元ダ女神のことは、全員がガン無視。

令嬢たちが多少気にはしてたけど、パートナーがモテる男なのは知っているので、元ダ女神に声をかけることはなかった。

なぜか俺はアールスハインにエスコートされるイライザ嬢に抱っこされてるし。

会場へ向かう途中に、無駄にキラキラしい衣装のキャベンディッシュと、黒を中心にラメラメな衣装の元会長と擦れ違ったが、２人はなぜか擦れ違う瞬間、こっちを見てフンと鼻で笑って去って行った。

どう見ても、こっちの令嬢たちの方が綺麗なんですけど？

ディーグリーのパートナーは、ハッキリした目鼻立ちの赤い髪の大人びた令嬢。

真っ赤な肉感的なドレスが迫力ある美人。

ユーグラムのパートナーは、クリーム色の髪の垂れ目の可愛らしい令嬢。黄色のフワフワのドレスがより彼女の柔らかい雰囲気に似合っている。

イライザ嬢は、紫の目に合わせた濃い紫のグラデーションのドレス。ダンスをするためなのか、スカートの部分にスリットが入って、歩く度にレースが透けてとても綺麗。

髪はドリルをまとめてるので、とても嵩張《かさば》っているけど！


会場は、パーティー用の初めて入る建物で、巨大シャンデリアがいくつもぶら下がったキラキラしい会場だった。

元が根っからの庶民なので、巨大シャンデリアを見ると、綺麗さとか豪華さとかよりもまず、落ちてこないかを心配してしまう。

楽団が華やかな音楽を奏で、会場の片隅には立食形式の食事が置いてある。

ところどころにちょっと座れる場所があるのは慣れないヒールでダンスを踊る令嬢たちのためらしい。

本物の貴族のパーティーでは、置かれることはないそうです。

イライザ嬢が時々俺を撫でながら説明してくれた。

イライザ嬢のお姉さんが出産のために里帰りしていて、甥っ子が生まれたんだけど、寮生活でなかなか会えないのがつまらないらしい。

ものすごく可愛い！　を連発してた。

始まるにはまだ少し早い時間なので、雑談をしながら待っていると、会場がざわついた。

皆が入り口の方を見ているので、そっちを見てみれば、キャベンディッシュと元会長の2人にエスコートされた元ダ女神の姿。

以前の二股女よりは、多少マシな密着具合だけど、下品には違いない。

キャベンディッシュと元会長への憧れとか、好意とかがなくなった令嬢たちの視線がとても冷たい！　怖い！

それを向けられてる本人たちは、自分たちの世界に浸っているので気付いてもいないけど！

カラーンカラーンカラーン

鐘が鳴って曲調が変わった。

どんなパーティーでも、最初にダンスを踊るのは、身分の高い者か主催者から。

今日の場合は、王子であるアールスハインと、公爵令嬢であるイライザ嬢からなのだが、キャベンディッシュ登場。

当然、連れているのは平民な元ダ女神。

同じ王子であるなら年上のキャベンディッシュが出ても構わないのだが、連れている令嬢の身分が全く違うので、この場合はアールスハインが最初に踊るのが常識。

それにもかかわらず、キャベンディッシュが堂々と会場の中央へ。

アールスハインもエスコートされたイライザ嬢も唖然《あぜん》としている。

会場の雰囲気も微妙な空気に、楽団の音楽も止まった。

「何を図々しく出てきているか、貴様！　私よりも身分が上になったつもりか⁉　さっさと下がれ！」

「下がるのは兄上の方でしょう。同じ王子である私たちに身分の上下はないが、パートナーの身分には雲泥の差があることが分からないのですか？」

「学園に身分差を持ち込むとは、学園の教えをまるで分かっていないのか、貴様は！」

「この行事は貴族のパーティー出席時のマナーに準じるものであることも、ご理解していないのですか？」

「そもそも年下である貴様が、私よりも身分は下に決まっているだろう！」

「何か役職に就いているわけでもない学生の身であれば、同じ王の子であるだけで身分に差はありません」

アールスハインが呆れながらも反論するが、キャベンディッシュにはいまいち通じてない様子。

そもそも自分の立場を、アールスハインよりも上と思っているのが間違いだと気付いてもいない。

「アールスハイン王子殿下の仰る通りでございます！　この場合は王子であるお二方に身分の差はなく、パートナーの身分を尊重し、ファーストダンスはアールスハイン王子殿下とスライミヤ公爵令嬢が踊られるのが、貴族のマナーとして正しいですわ！」

2組に割って入ったのは、三角眼鏡の今にもザマス！　とか叫びそうな細身の女性。

アールスハインが会釈して、イライザ嬢も軽く頭を下げている。

それに軽く微笑んで、ふんぞり返るキャベンディッシュに厳しい視線を送る女性。

「な、なぜキルギス夫人がここに!?　あなたは王族専門のマナー講師ではないか！」

「学園長様に頼まれて、ダンスの審査に参りましたの！　それよりもキャベンディッシュ王子殿下、あなた様の先ほどからのお振る舞い、マナーが全く身に付いておられないご様子。これは報告させていただきますわね！　それと明日からの連休は、マナーの講義を受けていただきますわ！」

「待て、マナーの講義など私には不要だ！　連休中には予定がある！」

「その予定とやらはキャンセルしてくださいまし。キャベンディッシュ王子殿下は、公務があるわけでもないので、遊びの予定でございましょう？　それよりもマナーの講義を受けていただく方が重要ですわ！」

「そんなことを勝手に決めるな！　私にだって大事な用事がある！」

「王族の恥を晒《さら》すようなマナーしか身に付いておられない方に、マナーを学ぶ以上に重要な用事などありません！」

「な、横暴だぞ！」

「あなた様のそのお振る舞いこそ、横暴でございます！」

「あなたでは話にならん！　父上に申し上げる！」

「そうですわね、わたくしからも報告させていただきますわね！」

キャベンディッシュは言い返すこともできなくなり、元ダ女神を連れてどこかへ消えていった。

「皆様、お騒がせいたしました。パーティーをお続けください」

キルギス夫人も、綺麗なカーテシーを披露して、定位置らしい場所に戻っていった。

まだざわめきの残る会場の中央に立ち、楽団に目配せしてからアールスハインがイライザ嬢に礼をして、手を取る。

イライザ嬢も礼をしたところで楽団の華やかな音楽が鳴り響き、軽やかに2人が踊り出した。

その美しい踊りに、会場中からため息が溢れ、雰囲気が一気に華やかになった。

1曲踊り終わった2人は、優雅に礼をして中央からはけてくる。

多くの人にうっとりと見付められ、拍手までされる2人は、照れ臭そうに微笑んでいた。

視界に入ったキルギス夫人も、満足そうに笑顔で頷いている。

ファーストダンスさえ終われば、人数の多いパーティーだし、あとは身分の差なく踊っても許されるので、多くの生徒が踊り出した。

ファーストダンスを踊ったアールスハインとイライザ嬢を除いて、多くの生徒が踊る会場で、審査を受けるためには何度か踊る必要がある。

続けて何曲も踊るのは婚約者か夫婦だけなので、ほどよく時間を置いて何度か踊る。

その間、審査に全く関係のない俺は、やはり関係のないインテリヤクザなカイル先生と、料理を荒らしてた。

食えるものが少ない！　俺が噛み切れずに断念したものはカイル先生が食ってた。

ちなみに、アールスハイン、ユーグラム、シェルの靴は最後までピッカピカで、ディーグリーは少々踏まれた跡があり、助の靴はメコメコだったよ！　シェルがそれを見て爆笑してた。

パートナーの先輩女性騎士さんの靴もひどくて、シェルがバイブモードしてた。

◆◇◆◇◆

おはようございます。

今日の天気も晴れです。

昨日はキラキラしい会場で、カラフルな髪の生徒がカラフルなドレスを着て、会場を踊り回るのを見すぎたせいで、若干目がチカチカしてしまい、部屋に帰った途端バタンと寝てしまいました。

モノトーンの部屋は目に優しい！

今日から連休なので、朝食を食べたらお城へ。

1日くらいは実家に顔を出すそうで、ユーグラムとディーグリーは明日からお城に泊まり込む予定で、シェルと助と馬車に乗ってます。

昨日のダンスで、靴がメコメコになるくらい足を踏まれまくった助が、若干足を気にしているので治してあげました。

騎士科でも有名な、ダンスの下手な組み合わせなんだそうです。

他に組んでくれる人がいないので、毎回2人で組んでいるそうです。

シェルが爆笑しながら説明してくれた。

お城に着いたらまずは王様と王妃様への挨拶。

そのあとは偉い人5人を交えて会議。

「それでどうなのだ、元女神の様子は？」

「…………元聖女の時と同じような状態ですね」

「……………何をやってるんだ、あいつは！」

親として、同じ過ちを繰り返すキャベンディッシュに王様が呆れています。

「それにしても、自分の趣味のために世界を好き勝手した張本人を、なんともできねーのは歯痒いな！」

バンと自分の膝を叩いて悔しそうに呟く将軍さん。

同じ思いなのか、宰相さんも苦い顔をしている。

「しかし現状はなんの罪も犯していない以上、平民を無闇に処罰はできんだろう！」

「分かっちゃいるが、奴のせいでどれだけの人間が苦しめられたかを考えると！」

「…………そうだな。今すぐに何かをすることはできんが、奴の動きは細かく監視させている。

次に何かをしでかそうとすれば、容赦はせん！」

「当然です！　それは新たなる神のお許しもありますしね！」

宰相さんが凶悪な顔で笑ってます！　こっち見ないで、怖いから！

まぁ俺だって容赦する気はないけど。

しばらくは、動向調査を続けることを決定。

「それにしても、ケータ殿の開発した魔道具は驚異的だな！　お陰で多くの犯罪者を捕まえられた！」

将軍さんがニカッと笑って俺を撫でてきたけど、頭がもげそうです！　加減して！

「ああ、そのことは私からも礼を言おう！　素晴らしい魔道具をありがとう！」

王様にも褒められました！

「そこで一つケータ殿に頼みがあります」

宰相さん、顔が怖いです！

「にゃにー？」

「親子を判別する魔道具は作れますか？」

「おい、それは！　大騒ぎになるぞ！」

「分かっている！　しかし娘と孫があらぬ疑いをかけられているのだ！　一刻も早く解決してやりたい！」

「まぁ、あちらの国と揉める原因になっても困るしな…………しかし親子の判別か、公になれば騒がれるだろうな？」

「多くの貴族家で大問題が起きるだろうよ！」

今までは疑いはあるが、正確な判断ができなかったので見逃されることも多くあったが、魔道具で判別が可能になれば、実は実子ではなかったことが判明したり、実は昔の火遊びが発覚したり、ってことが考えられる。

お家騒動が頻発するね！

「ですが親子を判別する魔道具は、かなり昔から研究されていますが、魔力での判定は不可能ですよ？　突然変異も起こり得ますし」

「…………無理だろうか？」

「たびゅん、でちるよ？（たぶん、できるよ？）」

「ええ！　できるのですか⁉」

テイルスミヤ長官の方が食い付いてきた。

「まーりょくららくて、ちーでくべつしゅればいいよ（魔力じゃなくて、血で区別すればいいよ）」

「魔力ではなく血！　血液！　そうか、親子は血が繋がっているのか！」

ガガーンとショックを受けてテイルスミヤ長官が固まった。

「ケータ殿、それは本当に可能ですか？」

「やってみりゅー？」

「ああ、そうだな。試しに一つ作ってほしい」

王様にまで頼まれたので、作ってみましょう！

マジックバッグを漁って、よさそうな素材を探す。

血液を垂らすので水に強い素材で、繰り返し使うかもしれないので丈夫で、汚れは落ちやすい方がいいでしょう、検査結果が分かりやすく見えるように…………何かガラスの灰皿みたいな乳白色の物体を発見。

真ん中に凹《へこ》みもあるし、魔力も結構内包してる。

取りあえずこれでいってみましょう！

灰皿の後ろ側の凹みに、円を書いてー。その中に四角をいくつか書きます。文字は、親子診断、血液鑑定、汚染防止、赤青判定。

想像力が物を言ってしまう魔法も魔道具も、俺が理解できればその通りに作れてしまう恐ろしさ！

ちょっと大きめの平べったい魔石をセットして焼き付け！

ピカッと光って完成！

さてさて、テストしてみますかね！

表側の凹みに水を入れて、アールスハインと王様に血を一滴垂らしてもらう。

ゆっくりと混ざった血は、ピカッと光って灰皿全体が乳白色から青に変わった。

「「「「おお!?」」」」

まだですよー！　次は灰皿の水を捨てて綺麗に洗ってから、今度は助と将軍さんに血を一滴垂らしてもらう。

混ざった血は、ピカッと光って灰皿が赤に変わる。

成功ですな！

「「「「「おおー！」」」」」

「かんしぇー」

「そんな！　こんな簡単に、長年の苦労が！」

テイルスミヤ長官が落ち込んじゃったけど、他の人たちははしゃいでいます。

自分の血で確かめてるし。

当然アールスハインと王様以外は赤判定。

他の親子でも確かめてください。

あとに起こるかもしれない問題は、俺のせいではありません！

そんなこんなで昼食時、合流したリィトリア王妃様とアールスハインでも親子鑑定。

当然、青になった灰皿。

リィトリア王妃様と双子王子は赤判定。

双子王子と王様は青判定。

その他にも、お城で親子で働いている文官さんでも試したけど、全員が青判定。

正確さが証明されました！

宰相さんに満面の笑みで高い高いされました。

嬉しくないです！


午後は肉体強化の指導をしに騎士団の訓練場に。

助とアールスハインが実際に見せて、軽く模擬戦。

2人が打ち合っただけで、訓練用の剣が折れました。

それを見て俄然《がぜん》やる気になった騎士たち。

しかし、助は別として、アールスハインでも3カ月かかった肉体強化を、そう簡単には習得できません。

皆、やたらと叫んでるし、力んだだけでは無理ですよー！

これは長期戦になりそう。

なので、すぐに使えるボードもお披露目。

本当はお披露目する気はなかったんだけど、街中をスイスイ飛んじゃったんで衛兵さんから問い合わせが殺到しちゃって、学園がどうしますか？　ってお城に丸投げしてきたらしい。

原因は王子たちですよ！　って。

なので、騎士団で開発中の魔道具って扱いにするそうです。

判子作って量産してもらいましたとも！

アールスハインと助が見本を見せて、身軽で魔力の多い騎士から試してみた。

ボードのみすっ飛ばす騎士複数、ボードごと吹っ飛んで行く騎士数人、飛んでった先で他の騎士を薙《な》ぎ倒す騎士数人。

ボーリングのようだね！

あっれー、おっかしいーなー？　アールスハインたちは、もっとスムーズに飛んでたはずだが？

皆に笑われながら、何度も挑戦する騎士たち。

作って数日で全員分は用意できなかったので、ボードの訓練をしているのは20人くらい。

その他の騎士たちは、肉体強化の訓練を続ける。

1日ですぐにできるわけもないので、今日はほどほどで終了。

肉体強化は習得してないのに、なぜか皆疲れていた。叫びすぎじゃないよね？

汗もかいたので風呂に入って晩餐室へ。

王様、リィトリア王妃様、イングリード、双子王子が揃っていて、和気藹々と食事を済ませ、サロンでデザートの果物を食べてたら、バンとドアを叩き開けるように入って来たキャベンディッシュ。

驚いて皆が見ていると、

「父上、ひどいではないですか。私は予定があると言ったのに、無理矢理にマナーの講義を入れるなど！　キルギス夫人の言葉だけを信じて、息子である私の言葉は聞いてくださらないのですか⁉」

「…………キャベンディッシュ、お前は前回の元聖女との騒動を忘れたのか？　今お前の行動が、前回と全く変わっていないことに気付いてはいないのか？」

「何を仰っておられるのです。元聖女のことなど今は関係ないではないですか！」

「キャベンディッシュ、お前はクシュリアの思想に染まりすぎ、片寄った考え方が過ぎる。もう一度、一からマナーを学び直せ。それができぬのなら、王族を名乗ることを禁ずる！」

「な、な、何を見て、私の考えが片寄っているなど！　病気療養中の母上を悪く言うなど！」

「クシュリアは病気などではない！　罪人を庇《かば》い立てするな！」

「わ、わ、わ、わたしは！　父上の息子ではないですか！　息子である私のことを信じてはくださらないのですか⁉」

「今までの行いを見ての結論だ。キルギス夫人が合格点を出すまでは、城から出ることを許さん！　それが守られないなら、平民となってどこへなりと行けばよい！」

「へ、へ、へ、へいみん。私が？　そんな！　あんまりです！　私は王族ですよ！」

「ならば、王族として恥ずかしくない程度のマナーくらい習得せよ！」

キャベンディッシュは、声にならない叫びを上げてサロンから走り出て行った。

王様が深い深いため息をついた。

アホな息子って始末に悪いね！

前世のアホボンボン課長を思い出すね！

気分はよくないけど、本日は終了。

◆◇◆◇◆

おはようございます。

今日も快晴です。

連休5日目です。

この4日間は、ひたすら肉体強化の訓練をしてました。

結果はまだ出てないけど。

同時にボードに乗る訓練もして、こちらはフヨフヨとゆっくりなら飛べるようになりました。

アールスハインたちが周りをビュンビュン飛び回るのを恨めしげに眺めながら、練習してました。

そこで、3日目くらいに気付いた。肉体強化の訓練を通して魔力操作の上達があったからこそ、ボードを自在に扱えているってことに。

試しに魔法庁の職員さんを捕まえてボードに乗せてみたところ、アールスハインたちほどとはいかないものの、結構なスピードで飛べることが判明。

魔法庁の職員さんも大興奮でボードを欲しがってたけど、今量産中だから、なんなら自分で魔力込めてみたら？　って勧めといた。

大急ぎで魔法庁に帰って行ったよ。

その後2日ほどで、複数の魔法庁の職員さんが城の中を飛び回る姿が見られたとか。

普段そんなに魔力を使う機会もないので、魔力を持て余していたそうです。

なので、あっと言う間にボードの魔道具は量産されて、騎士団用のボードもだいぶ増えてきた。

今までゲラゲラ笑ってた騎士たちが盛大に吹っ飛ぶところを、フヨフヨと飛べるようになった騎士たちがゲラゲラ笑い返してた。

ボードに乗る訓練は、逆に言うと魔力操作の訓練にもなるので、肉体強化のためにも早く自在に乗りこなせるようになるといいね！

この分だと魔法庁の職員さんたちの方が、肉体強化を覚えるのが早くなりそうな予感がするしね！

ユーグラムとディーグリーも2日目から合流。

「ナハハハハハハハ」

「「アハハハハハハハハ」」

「フフフ、フフフフフフフフ」

肉体強化をして動き回ると、なぜかテンションも爆上がりして笑い出す、という現象が起こる。

それを見た騎士たちが、ドン引きしております。

魔法剣を使ってる時の自分たちの姿を、客観的に見た感じ。

反省している騎士が多数。

今は反省してるけど、たぶん肉体強化覚えたら、同じことするよね！

その時は、なるべく近寄らないようにしよう！

今、アールスハインたちは、魔法剣を使いながらの肉体強化の訓練。

休日なのに魔法庁の職員さん数人が肉体強化の訓練に参加しながら、アールスハインたちを見て、同時発動が！　とか驚いているけど、同時発動はずいぶん前にできてました！　って言ったら、頭抱えてた。

テイルスミヤ長官の気持ちが分かったそうです？

俺はボードの量産を手伝っています。

職人さんが形を整えた魔物素材の板に、判子を大量に押して魔石を置いて焼き付けるだけのお仕事です。

他の人だと一つ一つ焼き付けないといけないらしいけど、俺の場合は魔力が多いので、まとめて一気に焼き付けができて、とても便利！

もともと俺が作った魔道具なので、他の人より魔力も通りやすいしね！

お昼を食べたら、双子王子に拉致られて、午後はお城の庭を走り回りました。

双子王子のお友達の貴族令息たちも一緒で、一際《ひときわ》小さい俺をバカにしようとしてきたけど、肉体強化をしてるので、誰にも負けない速さで走れます！

子供たちにものすごく尊敬の眼差しを向けられました。

おやつを食べたら、お昼寝。

団子になって皆で一斉に寝ました。

起きたら保護者だろう奥様集団とメイドさんの集団が、微笑ましげに周りを囲んでました！

居たたまれない！

帰る時には、なぜか皆に涙ながらにまた遊ぶ約束をさせられ、終わった時にはグッタリしました。


風呂に入って晩餐室へ。

双子王子が今日の俺がいかにすごかったかを、目をキラッキラさせて語っている。

それを聞いてる大人組が、微笑ましい目で見てくる。居たたまれない！

ごめんよ、おっさん、ちょっとはしゃいじゃったよ！

肉体強化でテンション爆上がりするのは、俺もでした！

ちょっと反省しつつ今日は終わり。

明日からはいよいよ肉狩りの旅です！

5章　肉狩り

おはようございます。

今日の天気は快晴です。

いつもよりも少し早めに起きました。

特に急ぐことはないんだけど、遠足の朝とか無駄に早起きして荷物の点検したのに忘れ物をしてしまうような子供だった俺です。

この世界に来てからは、マジックバッグがあって必要ない物まで詰め込んでるので、忘れ物はないと思います。

長男長女は荷物が多い傾向にあるって、昔テレビで見た記憶があるな。

しばらくお城を離れるので、一応皆に挨拶して出発。

今回はシェルはお留守番。

デュランさんが用事があるそうで、そっちのお手伝いだそうです。

すごく悔しそうだったけどね！

お城の料理長も、同行できないことをすごくすごく悔しがってた。

Aランクの冒険者さんとは街門のところで待ち合わせ。

強面肉屋のガジルさんが荷馬車を貸してくれるそうです。

マジックバッグがあるからいらないんだけど、手ぶらで帰って来るのは目立つので、今回はちゃんと肉、いや獲物を持って帰って来いって、助言されました。


街門に着くと多くの人がいて、どの人が待ち合わせのAランクの冒険者か分かりません。

馬車から降りてボケーと周りを見回していると、周りの人たちがザワザワしてます。

視線を追って見ると、荷馬車に寄り掛かった男前がいました。

背の高いガッシリした大柄な人物で、濃い茶の髪と目をしていて、無精髭《ぶしょうひげ》がやけに色気を醸《かも》し出している男前。

イタリア人モデルにいそうな、彫りの深い濃い顔の男前。

ボケーと見てると目が合って、男前はニヒッと笑いこっちに来ました。

「あーどうも、ガジルの紹介で今回同行します、ルルーです。あんたがアールさん？」

アールスハインを見て尋ねる男前なルルーさん。

優男《やさおとこ》風なのにAランク冒険者。

騎士団にいる筋肉マンとは違う細マッチョ。

笑うと人懐《ひとなつ》っこく見える男前。

とてもモテそう！

「アールです。よろしくお願いします」

「ユーグです。よろしくお願いします」

「ディーグリーです！　よろしくお願いします！」

「ティタクティスです。お世話になります」

「けーたでつ。よーしくおねがーしましゅ！」

「おお、よろしくー。んじゃぁ、まずは馬車に乗ってくれ。ここにいると邪魔になる。話は森に向かう道中で」

そうして荷馬車に乗り込んで出発した俺たち。

が、揺れがですね！　さすが荷馬車。もともと人を乗せる用じゃないので、間に合わせに置かれたクッション越しでも、下手に口を開けると舌を噛むほど揺れる！　学園の馬車よりひどい！

なので移動魔道具を出して、１人フヨフヨします！

「あー、ケータ様、ずりゅっ!!」

ずるいと言いたかったディーグリーが舌を噛んだ模様。

俺を見たアールスハインとユーグラム、助はすかさずボードを出して座ったのに。

痛みに悶《もだ》えながらボードを出して座るディーグリー。

「あーひどい目にあった！　もう、皆も一言言ってよ～！」

「一言言う余裕がなかったんです」

「ああまぁ、同じ目にあったかもね～」

「ちょっとちょっと、ねえ！　何それ？　魔道具⁉　そんなの、俺見たことないんだけど！

やっぱ貴族様だと持ってる物が違うなー」

振り向いて浮いてる俺たちを見て、驚いて荷馬車を止めたルルーさん。

しげしげと眺めてさらに驚いている。

「いやいやいや、俺は平民ですから！」

「いやでも、ラバー商会のお坊ちゃんなら、その辺の貴族よりも金もコネもあるだろう？」

「ん～まぁそれは否定しないけど」

「そんな見たこともない魔道具を持ってんだから、普通の坊っちゃんじゃねーだろーけどよー」

「俺はたまたま知り合ったのが、規格外な人たちだっただけだし！　俺はちょっと裕福な商会のボンボンなだけだし！」

「ちょっと裕福、ではないでしょう。国一番の大商会のボンボンなんですから」

「いやいやいや、それだって辺境伯の鬼属や、教皇猊下のご子息や、王子に比べれば、一般庶民でしょ～」

「はーーーー俺からしてみれば、全員が一生に一度お目にかかれるかって大物だけど⁉」

「まぁまぁ、その辺は気にしなくて大丈夫。今回同行を頼んだのも、ガジルさん経由だし、駆け出し冒険者の指導くらいの気持ちでいてくれれば、俺たちも気が楽だし～」

「…………あぁ、そうさせてもらうわ。貴族の坊っちゃんの扱いとか言葉遣いとか、俺には無理だしな！」

「そうそう、一々気にしてたら無駄に怪我するよ～。この魔道具だってもらい物だし～、俺がすごいわけじゃないから～」

「そんなすごいもらい物があるってことがもうすげぇって自覚を持て！」

ルルーさん以外に見られました。

視線をそっと外す俺。

その意味に気付かないルルーさんが首を傾《かし》げるけど、特に説明はしません。

2時間後、演習に来た森に到着。

ルルーさんは荷馬車に揺られっぱなしだったので、ろくに話はできませんでした。

森に入る前に、街道沿いにある休憩場所に荷馬車を置く。

馬は休憩場所に放しておいて大丈夫。

それ用の魔道具があって、盗難防止が付いてるそうです。

荷馬車にも魔道具を付けたが、これは盗難防止よりも認識阻害な魔道具だった。

対になる魔道具を持っている対象者だけが認識できるようになるそうです。

あとで靴の中敷きにも付けなければ！

まぁ最悪、休憩場所を手当たり次第触りまくれば発見はされちゃうんだけどね！

なんならマジックバッグに入れとく？　と提案してみたら、そこまではしなくていいって。

去年ここら辺を縄張りにしてた盗賊が退治されたので、心配ないって。

その盗賊倒したの俺たちね！

ちょっと早いけど、ここで昼食。

ホカホカの携帯食を渡してあげたら、ものすごく驚かれて喜ばれた。


さて、では森へ出発！

の前にユーグラムが大量の虫除《よ》けを装備。

その量にディーグリーが笑って、ルルーさんが呆れてた。

では改めて出発！

ソラとハクがとても張り切っております！

先頭はソラとディーグリーと助。

その後ろにアールスハインと俺と、俺の頭に乗っかったハク。

最後尾はユーグラムとルルーさん。

ソラがズンズン進むので、なんとなくついていってる状態。

後ろにユーグラムがいるので、虫の魔物は捕まえられません。

結構な高額で買い取ってもらえるのに残念。

ウサギ魔物や狐魔物を適度に狩るが、こいつらはあまり美味しくないので、血抜きだけしてさっさと通り過ぎる。

狼魔物の群れは迂回。

狼魔物は味はまあまあだが、臭いし固いし骨が多く食べにくいらしいのでスルー。

どんどん森の奥に入っていくと、小動物系の魔物が少なくなってきて、猪魔物や熊魔物が出てくるようになった。

積極的に狩るよね！

その場で血抜きをしていると、匂いに誘われるのか、次々現れる魔物。

狩るよね！

3時間ほどの森歩きで、7匹ずつの熊と猪の魔物を確保したので、休憩場所に戻りました。

夕飯の準備をせねば！

5日間の泊まり込みでの肉確保のために、マジックバッグの中にはさまざまな便利グッズという名の魔道具を入れてきた。

訓練場の片隅で、ボードのみ作っていたわけではないのだ！

まぁ、それを見ていた魔法庁の職員さんに、全ての魔道具を判子にしろと、お願いという名の強制をされたのだけど。

そのぶん、おこづかいも増えるのでまぁいいだろう。

アールスハインたちの見てないところでいろいろ作ったので、これからお披露目です！

まずは、テント。

見た目はこの世界標準の大きめのテントだけど、中を拡張してある。

前世の眼鏡魔法少年の映画を参考にしました！

前世でグランピングに使っていたようなお洒落テントをイメージして作った、各個室客室付き、風呂トイレキッチンも付いたテント。

ついでに簡単な家具付き。

それをドドンと休憩場所の隅に設置して、いそいそと中に入る。

中央に大きく太い柱があり、天井は換気のために隙間を空けて、でも雨漏りなどはしませぬ！

全体が八角形の各々に仕切りを付けた個室を5部屋、1カ所は入口、1カ所はトイレとお風呂にしてある。

柱の周りにはドーナツ型のテーブルを置いて、椅子ではなく大きめのクッションを配置。

水回りはお城の設備を参考に魔道具を作って、排水なんかも浄化してからテントの外に流せるようにしました！　環境汚染ダメ絶対！

入口にはタープを付けて、キッチンを置いた。

キャンプといえば外ご飯！　と思ったのだが、魔物のいる世界。安全は大事なので、キッチンはタープの下にした。

テント自体に魔物侵入防止と他人侵入禁止と、盗難禁止、天候無効とか他にもいろいろ付けたから、よっぽどのことがなければ大丈夫。

俺の認識ではタープまでがテントのうちだからね！

俺と手を繋いで、1回でもテントに入った人はお客様扱いになりますよ！

アールスハインたちはもともと自由に出入りできる設定だし。

ルルーさんと手を繋いでテントに入れば、ルルーさんも自由に出入り可能に。

まぁ1週間以上出入りしなければ、自動でまた入れない設定になるけど。

皆がテント内の様子に唖然としてるのをよそに、助を連れてキッチンへ。

作業台にドドンと熊魔物を置いて、一応浄化。そのあと、助を見れば、大きなため息をついたあとに、まずは皮を剥いで内臓を取り出し、部位ごとに切り分け、骨を取り除いて、腱《けん》と筋を取って肉塊にしていく。

こんな時でも肉体強化は役に立ち、肉屋のガジルさん並みにスイスイ解体が進む。

血が出ないのでグロさも半減。

内臓は、ちょっと不安なので食べない方向で。

ソラとハクがめっちゃ見てくるので、どうぞってしたら、ペロッとたいらげた。

普段は学園の食堂で出される食事と、寝る前の聖魔法玉2、3個で満足するんだけど、外に出てテンション上がってるのは、俺だけではないようです。


熊魔物が肉塊になる頃には、皆もテント見学に満足したのか、キッチンに集まりだして、夕飯の準備の手伝いをしだした。

使う肉以外をしまって、初日だし夕飯は簡単にステーキにします。

厚めに切った肉に、すりおろした青パパイヤを揉み込んで放置。

玉ねぎ、人参、キャベツ、じゃが芋を大きめに切って、ベーコンは固いので薄切り、全部を鍋に入れて炒《いた》めたら、水を入れて料理長特製コンソメを入れて煮込む。

隣でディーグリーが適当な野菜を千切っただけのサラダを作り、料理長特製のドレッシングをかける。

パンも、料理長特製のものを大量にマジックバッグに詰めてあるので出すだけ。

肉がいい感じに柔らかくなったので、塩胡椒《こしょう》をかけて、ニンニクと一緒に熱したフライパンでジュウジュウ焼く。

い〜い匂いがしてきたところで火を弱めて裏返し、さらに焼いていく。

この世界のステーキは、完全に火を通し過ぎて固くパサパサになるまで焼いて、濃い味のソースをかけるのが定番だけど、そこまで焼かなくても体に害があるわけじゃないので、俺はほどほどに焼きます。

さすがにレアの肉はちょっとためらうけどね！

いい感じに焼けた肉を、おのおのの皿に盛る。

よく食べる彼らには、大きなステーキを3枚ずつ。俺は1枚でも多い感じ。

フライパンに残った油に、赤ワインと醤油を一回し、ジョワッと煮たってアルコールが飛んだところで肉にかけて完成。

スープもできたので、いただきます！

「「「「はぁぁぁーーーーーー」」」」

肉を一口食った全員が大きな大きなため息をついた。

「にゃにー？」

「あーーーケータ様、全体的にやり過ぎ！　テントも別世界だし、肉が柔らかくて美味過ぎるし、ここが野外なのを忘れるくらい快適だし！」

ディーグリーが文句を言う。

それに全員がウンウン頷くし、

「かいてち、いいことれしょー？（快適、いいことでしょ？）」

「快適が過ぎる！」

「えー、ばんばったーのにー？（えー、頑張ったのに？）」

「ちょっと常識から外れ過ぎ！　こんなの他人に見られたら、見た全員が盗賊化するから！」

「にゃかはみえなーよーなってりゅよ？（中は見えないようになってるよ？）」

「んむむむー！」

「…………………俺が使ってる定宿より確実に快適だわ。俺、Aランクの冒険者で結構稼いでるし、そこそこの宿を選んでるつもりだったけど、このテントの性能見たら、下町の上級宿なんか、ゴブリンの集落と変わんねー気がしてきた」

ルルーさんが落ち込みだした。

「ゴブリンの集落と比べるのはどうかと思いますけど、このテントが規格外なのは認めます。俺の実家よりも清潔だし、設備も整ってるし、快適だし！」

「そうそう、清潔。何、この絨毯《じゅうたん》、臭くないしゴミの一つも落ちてないし、テント内がほのかにいい匂いしてるし～？」

「くしゃいのいやれしょー。いりぐちのまっとーに、よごりぇぼーちちゅけたよ！（臭いの嫌でしょ。入口のマットに、汚れ防止付けたよ！）」

「ブーツで半日森の中を歩き回ったのに、足が臭くないっておかしいからな？」

「にゃかじきにも、によいぼーちつゅけたよ？（中敷きにも、臭い防止付けたよ？）」

「によい？　臭いか。にゃかじきが何か知らんが、俺の足も臭くねーな？」

「入口にあるマットのせいでしょうか？　汚れ防止で臭いも消えたのですか？」

「くしゃいのも、きちゃないのも、いやらからね！（臭いのも汚いのも、嫌だからね！）」

「なんでできてんのか知らんが、このクッションもやたらと座り心地がいいし、お茶も高級そうでいい香りするし、何よりこの菓子がサクサクなのにホロホロで、すげぇ美味いし！　俺はどっかの国のお姫様にでもなったのか!?」

ルルーさんが混乱し出した。

「いや、この菓子は、城でも出てきたことがないくらい美味い」

アールスハインが俺を凝視してきます。

「かちしょくにーとちゅくった！（菓子職人と作った！）」

「菓子職人？　ああ、菓子専門の料理人か。シェルと何かこそこそしてると思ったら、菓子を作ってたのか？」

「てんともちゅくった！（テントも作った！）」

「「「「はぁぁぁーーーーーー」」」」

全員にため息をつかれました。

「あーーー、なんかまずかったら答えなくていいけどよー。そのケータ様ってのは、普通の妖精族とは違うだろ？　俺も何度か妖精族は見かけたし、妖精族の里にも行ったことあっけど、こんな妖精いなかったぞ？」

「あー、確かに、普通の妖精とは別物と考えていいと思います。魔法庁長官の意見では、突然変異と思われる、とのことですし」

アールスハインが濁《にご》して言うのに、

「突然変異ねー。妖精族なら見た目通りの年齢じゃなさそうだし、魔力も尋常な量じゃなさそうだし、そんなもんか？」

「人族の生活に馴染むと、よりそうなるのかもしれませんね？」

「ああ、そうかもな。滅多に人と交わらない妖精族が人の中に混じると、えらいことになるんだなー」

なんか納得してくれたので、まぁいいや！

本当は妖精族でもなく聖獣らしいけど、内緒だしね！

「るるーしゃん、まほーちゅかえりゅの？（ルルーさん、魔法使えるの？）」

「ああ、Aランクの冒険者は全員使えるぜ」

「へ～、Aランクの冒険者って、どんな魔法使うの～？」

「どんなって、人によるさ。魔法玉を何発か撃てるだけの奴から、大魔法撃つ奴までな。パーティー組んで治癒魔法専門の奴もいるし」

「へ～、ルルーさんはどんな魔法使うの～？」

「俺は、火と風と土の魔法で中級までだな」

「え～！　すごいじゃん。学園の先輩だったり～？」

「いや、完全に独学。俺はスラム出身だから、まず食いぶちを稼ぐために冒険者になった口だ」

「ええ！　独学で中級撃てるって、才能ありまくり～！」

「ええ、すごいですね。教会にもスラム出身で神官になった者はおりますが、ほとんどの者が魔力の扱い方を知らないので、見習いのうちは大変な苦労をしていると聞きます」

「ああ、まあな。俺の場合は、運よく雑用係として潜り込めたパーティーが、魔法使いの多いパーティーで、やたら蘊蓄《うんちく》を語りたがる奴に付き合ってるうちに、魔力操作や魔法の使い方を、実際に見て覚えられたからな」

「へ～、それは本当に運がよかったね～。スラム出身の駆け出し冒険者は、騙されるって話をよく聞くからね～」

「まぁな。学《がく》がねーからすぐ騙されて、無駄に虚勢を張るから、誰にも教えてもらえねーんだろ」

「そ～なんだ～。ちょっと教えてって言えば、よほどひどい人に当たらなければ、見習いのうちは多少の失敗もフォローしてもらえるのにね～」

「そんでもこの国は、失敗してもやり直す機会を与えてもらえるだけありがてぇんだ。他の国じゃあ失敗したら、即奴隷落ちなんてのもざらにある」

「それは極端で新人が育ちにくい環境だね～」

「ああ。だからこの国は他の国に比べて、SランクやAランクの冒険者が多くいるのさ」

「そ～なんだ～。俺も外国行く時は、ちゃんと情報仕入れてから行かないとな～」

「外国に行く予定があるのか？　大商会のお坊ちゃんなのに？」

「お坊ちゃんなのは間違いないけど、次男だから、いずれは一人立ちしないとね～」

「次男なら、長男の手伝いでもするんじゃねーのか？」

「家には超～優秀な長男と、商魂逞《たくま》し過ぎて行き遅れの姉が2人もいるんで、俺の出る幕はないので～す」

「それはそれで苦労しそうだな」

「気楽だけどね～。でも飛び級したら、あと1年しか学園に通えないから、先のことも多少は考えないとね～」

「おや、飛び級を決めたのですか？　あなたはのんびり学園生活を楽しむのかと思いました」

「そ～ゆ～ユーグはもう決めてるんでしょう～？」

「ええ、滅多に与えられないチャンスですからね！」

「そ～なんだよね～。飛び級なんて、10年に1人くらいかと思ってたら、クラスで10人て！何、うちのクラス優秀過ぎ！」

「ええ、それもこれも誰かさんの影響でしょうね！」

「あ～、そ～ね。目の前に規格外がいたら、間違いなく影響受けるよね～」

皆に見られました。

ソラとハクが、なぜかめっちゃ胸を張ってます。ハクは胸ではなく全体が膨らんでるけど。

ルルーさんが、へ～って顔で見てきます。

そっと目を逸《そ》らしました。

お茶を飲みながらだらっと雑談をして、順に風呂に入り、そのまま本日は就寝。

明日からは、森の奥に拠点を移し本格的に肉を狩る予定。

◆◇◆◇◆

おはようございます。

今日の天気は薄曇りです。

朝起きたら、共有スペースにルルーさんが寝ていてぎょっとして、理由を尋ねたら、

「あんなフカフカの布団は落ち着かねーし、あれに慣れたら俺はダメになる気がする」

と膝を抱えて訴えてました。

お城の布団よりはランクを落としてあるんだけどね？

まぁ、共有スペースにはフカフカの絨毯も敷いてあるし、清潔だし、寝たいところで寝ればいいよ。

朝食はステーキサンドにしました。

薄目に焼いてもらったパンに、野菜をたっぷりと料理長特製のドレッシングで焼いたステーキをのっけてガブッとね！

昨日の残りのスープもあるので、それも出した。

柔らかいパンとシャキシャキの野菜と、柔らかい肉。

素晴らしいね！　皆も朝からモリモリ食べたよ！

ユーグラムが虫除けを大量に装備したら、出発！

あ、テントは丸ごとマジックバッグにポイしました。

出す時も同じようにポイっと出せば済むからね！

皆が無言で見てきたけど、知らん顔しときました！

昨日と同じルートでズンズン進むソラについていく。

小物の魔物は邪魔しなければ無視して進む。

昨日引き返した辺りで、昼休憩。

ホカホカにした携帯食と、水筒に入れてきたミルクティー。

「あ〜この携帯食も、最初は感激したのに、今はもう味気ないと感じてしまう自分がいる〜」

「そうですね。朝からあの豪華な食事をとってしまうと、この携帯食では満足感が全く違いますね」

「…………………………お前ら、この携帯食だって相当だからな!? 森ん中で温かいものを飲み食いできるなんて相当贅沢だからな！ 普通の冒険者は、歩きながらカッチカチの携帯食や干し肉を齧って腹の足しにするんだからな！ そもそも、こんな安全なバリアを張れる奴は、なかなかいないんだからな！」

ルルーさんがプリプリしております。

冒険者って過酷なのね！

そんなプリプリしてるルルーさんをよそに、肉狩りはいたって順調。

猪と熊の魔物の肉は、結構な量を確保できている。

ただ、それ以外の魔物がほぼ出てこないので、段々作業になってきた。

ついでなので、肉体強化の訓練も兼ねて森を進んでいるんだけど、

「ナハハハハハハハハ」

「アハハハハハハハハ」

「フフフ、フフフフフフフ」

静かな薄暗い森の中に、４人の笑い声がやたらと響いている。

「おいおいおい、何事だ、こりゃ。獲物が全部逃げていくだろうが！」

「にくたーきょーかしゅるると、いちゅもこーなりゅ（肉体強化すると、いつもこうなる）」

「にくたーきょーかってなんだ？　聞いたこともねー魔法だな？」

「まほーらなくて、まーりょきゅを、かりゃだのなかで、ぐりゅぐりゅまわちて、かりゃだにちゅよくなりぇーってしゅりゅと、あーなりゅ（魔法じゃなくて、魔力を、体の中で、グルグル回して、体に強くなれーってすると、あーなる）」

「魔力を体の中で回して、体に強くなれってすると、あーなる？　…………………ほんとに？」

「なってりゅねー」

「木の枝から枝へ飛び回ることもできるのか？　ほんとに？」

「でちてりゅねー、きちだんでもくんりぇんちてるよ（できてるね、騎士団でも訓練してるよ）」

「騎士団でも訓練？　そりゃ本物か？　だが普段から魔力ってのは、体を回ってるもんだろう？」

「そりぇを、いちきちて、こうしょくでまわしゅと、あーなりゅ（それを、意識して、高速で回すと、あーなる）」

「意識して、自分の意思で高速で魔力を回す」

ブツブツ言いながら、ルルーさんが体内の魔力を操作しだした。

目に見えるわけではないけど、ゆっくりとルルーさんの体内で魔力が回り出すのが感じられた。

さすがAランクの冒険者。

騎士団の騎士よりも呑み込みが早い様子。

それでもすぐに習得とはいかず、多少体が温かくなった程度で気力が尽きた模様。

「これは結構疲れるな？」

「さーしょはね。なりぇりぇばへーちになりゅよ（最初はね。慣れれば平気になるよ）」

「ああ、地道にやってみるさ。俺もまだまだ強くなりてーからな！」

「んーじゃあ、こりぇあげりゅ（んーじゃあ、これあげる）」

差し出したのは、ボード。

魔力操作の訓練にもなるしね！

「おいおい、こんなすげぇもん、俺にくれちゃっていいのかよ？　あとで怒られても知らねーぞ？」

「らいじょーぶよ、けーたちゅくったやちゅだち（大丈夫よ、けーた作ったやつだし）」

「はあ？　お前さんが作った？　マジか！　魔道具まで作れんのかよ!?」

「あ、こりぇないしょらった！（あ、これ内緒だった！）」

「ああ、そりゃそうだろうよ。こんなすげぇ魔道具作れるなんて知られたら、攫われるぞ！」

「バリアあるち、らいじょーぶとももうけど、なーしょね！　こりぇはわいりょ！（バリアあるし、大丈夫と思うけど、内緒ね！　これは賄賂）」

「賄賂って、まぁ誰に言ってもまず信じやしねーだろーけど」

「くちどめりょーでもいーよ？（口止め料でもいーよ？）」

「くれるものはもらうけど、ほんとにいいのか？」

「いーよー、のりゅのたーへんらちいけど（いいよー、乗るの大変らしいけど）」

俺とルルーさんが話していると助が来て、

「ああ、ルルーさんももらったんですか。その魔道具はすごい便利なんで、早く乗りこなせるようになるといいですね」

「そんなに難しい魔道具なのか？」

「んー、俺は割と最初から乗れたんで分かんないんですけど、騎士団では苦労してる人が多いですね。ああ、でも、魔法庁の職員は何人か乗れるようになった人がいましたね」

「あー、なるほど。魔力操作とかが関係してくるやつか」

「ええ。俺たちは先に肉体強化の訓練で魔力操作が上達してたんで、割と簡単に乗れるようになりました」

「なるほど。まぁ、何事もやってみなけりゃ話になんねーか」

助に説明されて、まずは乗ってみよう、となった。

そのために、ちょっと広い場所に移動。

木々の途切れたポッカリ開いた場所を発見したので、そこで練習。

アールスハイン、ユーグラム、ディーグリーは広場の見える場所で魔物を狩る。

俺と助はルルーさんの練習の見学とアドバイス。

ルルーさんも騎士団同様、ボードをすっ飛ばし、ボードごとすっ飛んでいってを何度か繰り返したが、まずはボードに乗って浮く練習に切り替えた。

「おおー、さすがAランクの冒険者。呑み込みが早い。まずは浮くことに慣れるってのが、騎士団とは違うな！」

「なー、きちだんは、しゅぐふっとばしょーとちて、ちっぱいしゅりゅかりゃな！（なー、騎士団はすぐ吹っ飛ばそうとして、失敗するからな！）」

「そーそー。そういうところが脳筋って言われんだよなー」

ルルーさんは上手に浮かべるようになって、フヨフヨとではあるが、ゆっくりと広場内を飛べるようになった。

上達が早いね！


さて、時間もいい感じなので、ちょっと早いけど夕飯の準備に取りかかりますかね。

テントを設置して、台所に立つ。

メニューは何がいいですかー？

本日のメニューは、生姜焼き。

昨日は熊魔物のステーキだったので、今日は猪魔物の肉を使います。

助も慣れてきたのか、処理の仕方がだいぶ早くなった。

昨日よりもだいぶ早く猪魔物を肉塊にしたので、青パパイヤを練り込んで放置。

青パパイヤ自体には大した味もないので、肉を柔らかくするのに重宝《ちょうほう》する。

料理しても、味の邪魔をしないのがいいね！

玉ねぎや舞茸《まいたけ》でも柔らかくはなるけど、青パパイヤの酵素《こうそ》の方がよく働く気がする。

生姜と醤油と砂糖、白ワインでタレを作り、パンとサラダと味噌汁を作る。

本当は米を炊きたいところだけど、ルルーさんもいるし、米の在庫も気になるしで、今回はパンです。

味噌汁の匂いがしたのか、アールスハインらも戻ってきたので、肉を焼いてタレをからめて、大量の千切りキャベツと共に出す。

千切りキャベツは、俺が作りました。

職人さんと共にピーラーを作ったよ！

職人さんに、ピーラーを売りに出してもいいか聞かれたので、どーぞーってしたら、その後ものすごい売り上げを叩き出したそうです。

デュランさんに感謝されたよ！

職人さんは、デュランさんの古い友達だったらしい。

頑固過ぎて、作る物は丈夫で長持ち。すごくいい品なんだけど、長持ちし過ぎてあんまり儲かってなかったらしい。

そこに俺が料理長と共にホイホイ新しい品物の注文を出しまくったせいで、職人魂に火がついたとかで、すごく熱心に道具の開発に協力してくれた。

しかも出来上がった調理道具が、とても売れてるらしい。

行く度にすごく感謝される。

猪魔物の生姜焼きも、大好評でした！

魔物の肉は、強くなるほど美味くなるそうだけど、今までは肉を目的に狩りに行く冒険者はいなかったらしい。

他の素材の方が儲けになるし肉はすぐ腐るから、その場で焼いて食べるくらいで持って帰ったりはしなかったとか。

普段は干し肉やカッチカチの携帯食なんかばかり食べているので、もともとのかっっったい肉でもご馳走に感じてたとか。

今回ルルーさんが一緒に来てくれたのは、ガジルさんの肉屋で柔らかい肉を食べさせてもらって、衝撃を受けたかららしい。

Aランクの冒険者の自分は、貴族の通うレストランでも普通に食事ができるくらい、美味いものなら知ってる気でいたのに、ガジルさんの肉屋で食べた肉は、今まで食べたことがないくらい柔らかく美味かったそう。それをさらに上回る肉を狩りに行くならってことで、同行を申し出てくれたんだって。

たんとお食べー。

ルルーさんは醤油の味付けにも嵌まったらしい。

ディーグリーの商会で売ってることを教えると、絶対買う！　って意気込んでた。

◆◇◆◇◆

おはようございます。

今日の天気も薄曇りです。

リクエストされて大量に作ったホットケーキで朝食を済ませてテントの外に出ると、輝く虫の魔物が小山になっていました。

小山の前には、心なしか膨らんだハクが。

「ハクがちゅかまーたの？（ハクが捕まえたの？）」

「ムー！」

「ハクがちゃべったー！」

「ムー、ムームームムー！」

「ことばーは、わかんにゃいけろ、ハクがちゅかまえたーのはしゅごいねー！（言葉は、分かんないけど、ハクが捕まえたのはすごいねー！）」

ムニムニ撫でながら褒めると、

「ムムー、ムムム！」

ご満悦の様子。

ユーグラムがドン引きし過ぎてだいぶ遠いところにいるけど、せっかくハクがとってくれた獲物なので、マジックバッグに全部詰めて街に帰ったら売りますよ！

姿が見えなくなれば大丈夫なのか、ユーグラムも近づいてきて、肉を求めて森へ。

猪と熊の魔物にはちょっと飽きてきたので、他の魔物を物色中。

木の上の方には小さな猿とか鳥の魔物がいるけど、食べるところが少ないし臭いらしいのでパス。

ルルーさんによると、猿の魔物は脳みそが薬に、鳥の魔物は羽が装飾用としてどちらも高額買い取りしてもらえるらしいが、今回は肉確保が最重要なのでパス。

途中に出る猪と熊の魔物を狩りながら進むと、先頭のソラが体勢を低くして警戒し出したので、気配を消して前方を窺う。

そこにいたのはダチョウの群れ。紫色だけど。

は？　こんな森の中にダチョウとは？

脚力を活かせないと思うんですが？

と思ってたら、ルルーさんの解説。

「ありゃードードーだ。気を付けろ、蹴られりゃ一発で動けなくなるぞ！」

脚力は活かせている模様。

後ろ蹴りだけでなく、前蹴りも繰り出してくるそうです。

俺の胴体よりも太い足首ですね！

近づくと危ないなら、近づかなければいいではないかということで、ユーグラムと俺でサクッと首を狩りました！

グロいね！　でもお陰で血抜きは簡単に済ませられました！

血まみれなので洗浄魔法をかけてから、マジックバッグにしまったよ！

その間中、ルルーさんの口がパカーンと開きっぱなしだったけど、気にしなーい！

さてさて、次は何が出るかなー？

しばらく歩いて見つけたのは、ミニバンサイズのサイ。

頭部の角《つの》がやたらでかいサイ。

体が黒光りする銀色のサイ。

「あー、ここまでくりゃーモスも出るわなー。気を付けろよ、かてーぞ！」

「そうですか。ではまず状態異常を狙ってみますか」

そう言ったユーグラムが、モスという名のサイに状態異常の魔法をかける。

カクンカクンと頭が揺れて、ドドウと地響きを立てて倒れるモス。

寝てるだけかと思ったら、体が微妙に震えてる。麻痺も入ってる模様。

助とディーグリーが駆け寄り、それぞれに首に向かって一撃。

「あ～確かに硬い！」

「あぁ、魔法剣でこれだけしか切れないのは初めてだな！」

続いてアールスハインが一撃、ルルーさんも一撃入れる。

「硬いな！」

「いやいやいやいやいや！　まだ4回切っただけで骨まで切ってんのは、普通ならあり得ないから！

魔剣？　魔剣使ってんの!?」

「いや、俺たちが使ったのは魔法剣だ」

「うわー、また俺の知らない剣が出てきたー」

「いや、これは剣ではなく魔法だ」

「それも聞いたことないー」

なんかルルーさんが拗《す》ね出した。

彫りの深い男前がやっても可愛くない。

「ま～ま～。ルルーさんにもあとで教えるから、今はこいつを殺《や》っちゃいましょう！　そろそろ麻痺も切れそうだし！　暴れられる前に！」

「そりゃそうだ！　あとでしっかり教えてくれ、よっ！」

ルルーさんの一撃から、またモスへの攻撃が始まった。

まぁ、麻痺してるモスの首に順番に切り付けているだけなんだけど。

いつもなら一撃で首が飛ぶのに、何度も切ってやっと首が胴体から離れた。

ビッグガガの針をプスッと刺して血抜き。

切り落とされた首も回収。

ルルーさんによれば、角が剣のいい素材になるそうです。

さすがにミニバンサイズの解体は簡単にはできないので、モスという名のサイはお持ち帰り。

肉屋のガジルさんに任せましょう！

そろそろ戻ることにして、途中の魔物を狩り、広場に着くと、虫魔物の大量発生。

ユーグラムが広範囲魔法を撃つ前に助とディーグリーが取り押さえ、ソラとハクが駆け出して、バッタバッタと倒していく。

俺も風魔法で真っ二つにしていきました。

ほどなくして、朝と同じくらいの小山を作る虫魔物の死骸。

この広場は、虫魔物の繁殖地か何かなのか？

まぁ、殲滅《せんめつ》しちゃったけれども。

マジックバッグに詰めて、ソラとハクを褒めて、夕食作り。

本日の夕飯は、ドードーの照り焼き。

ドードーはアールスハインと同じくらいの身長で、太股がアールスハインの胴回りと同じくらいある。実に食べごたえのある獲物でした！

肉はちょっと白っぽい見た目の普通の鳥肉。

解体は皆も手伝ってくれて、かなり早く済みました。

ユーグラムが予想外に不器用で、肉がミンチになりました。

まぁ、肉団子にしてスープに使うから構わないけど。

夕飯は、ドードーの照り焼きと付け合わせの玉ねぎ、レタス、トマト。

ドードーの肉団子入りスープ。

あとはパンです。

食後に時間が空いたので、広場でルルーさんに魔法剣の指導。

「んじゃぁ、とにかく剣に魔法を込めればいいんだな？」

「そ～そ～。ルルーさんなら火魔法を込めれば、敵を焼き切れるかも～？」

「焼いちまったら素材がダメになるだろう？　なら俺は風魔法か」

「なるほど～。カイル先生を参考に、一番使いやすいかと思ったんだけど、素材か～」

「そうですね。冒険者としては風魔法の方が素材の確保がしやすいですね」

「風魔法ならば、鋭く切れ味を上げるイメージをすれば、威力は上がるだろうな」

「なんならその鋭い刃を飛ばすイメージもしてみたら、遠距離攻撃にもなるんじゃな～い？」

外野がワイワイ言ってるうちに、ルルーさんは剣に魔法を纏わせて、その辺の枝に切りつけ始めた。

結構な太さの枝を切り落とし、落ちた枝を見て驚いている。

「おいおい、マジか。一撃でこの太さの枝が落ちるのか！　やべーな、魔法剣！　ハハッ」

テンションが上がってきたのか、笑いながら枝を切っていく。

だが、これ以上自然破壊もさせられないので、ルルーさんが切った枝を、周りに座った皆がルルーさんに向かって投げつけることに。

「ハハッ、アッハッハッハッ」

やっぱり笑い出した。

騎士団を思い出す。

どうして皆、笑い出すのか？　謎だ。

しばらくそんなことを繰り返し、枝がただの木切れの群れになったところで終了。

ルルーさんはまだまだ物足りなさそうだったけど、夜もいい時間になったので、俺はもう起きてられません！

明日もあるのだからと説得して、就寝。

◆◇◆◇◆

ゴアアアアーーーーーー！

おはようございます。

何事が起こったのか、轟音《ごうおん》で目が覚めました。

慌てて外へ出てみると、テントの外は火の海でした！

「ギャー！　ユーグラム、やり過ぎ！　ちょっと消して消して！」

「フフフ、フフフフフフフフ」

「ダメだ、こりゃ！　ケータ様、これ消してー！」

ディーグリーの慌てた声に反応して、火の海の消火。

加減を間違えて土砂降りにしちゃったけど、火は消えたので問題なし！

焼け野原には、虫魔物の残骸が転々と転がっている。

ユーグラムは土砂降りの雨に打たれて正気に戻り、今は無表情なのにしょげている。

「申し訳ありません」

「あ〜、まぁ、やっちゃったものは仕方ないけど、テントが無事で本当によかったよ〜。でもケータ様のテントじゃなかったら、俺たちごと丸焼けになってただろうから、反省はしてね〜！」

「はい、すみません」

「あー、反省もしてるみてーだし、俺から言うことは特にねーな」

「まあ、次は気を付けてくれ」

「俺からも特にないです」

「やいたーあとは、ちゃんとけしぇばいーよ！（焼いたあとは、ちゃんと消せばいーよ！）」

「いやいやいや、ケータ様。焼かないことが前提だからね！　危ないから！」

「しょーらけどー、とっしゃにやったりゃ、あとちまちゅちないと！（そーだけど、咄嗟にやったら、後始末しないと！）」

「それはそうなんだけど！　その前に無意識に魔法を撃ってはいけません！」

「たちかに！」

そんなやり取りをしたあとで、朝ご飯を作る気にならなかったので、ホカホカの携帯食を食べて、森へ出発した。

昨日とは違う方向に進むと小川を発見し、その小川をさかのぼってみると、綺麗な泉を見つけた。

動物の姿も魔物の姿も見えない泉は、満々と水を湛《たた》えていて底は見えない。

魚の影も見えず、生き物の気配のない不思議な泉だった。

なんとはなしに覗き込むと、揺らいだ自分の顔の向こうに、小さな顔が映る。

不思議に思って首を傾げると、小さな顔も同じ角度で首を傾げた。

反対側に傾げても同じ。

何かの生き物がいるようだが、輪郭が曖昧《あいまい》で姿もはっきりとしない。

そんな俺の様子が気になったのか、アールスハインが、

「どうした、ケータ。何か見つけたか？」

「んー、にゃんかいりゅ（んー、なんかいる）」

泉の中を指差すと、皆が後ろから覗き込む。

「なんにも見えないけど～？」

「魚の１匹もいませんね？」

「こんだけ澄《す》んだ泉なのに、生き物の気配もないっつーのは、不気味だな」

「精霊でも住んでんじゃないですか？　辺境の森では精霊の住む泉には、力が強すぎて弱い生き物は近寄れないって聞いたことありますけど」

「へ～、精霊が住んでるのか～。でも俺たちが近寄れるってことは、そんなに強い精霊じゃないのかな？」

『ちょっと、失礼ね！　私はれっきとした大精霊よ！』

ディーグリーの言葉に反応したのか、泉からザブンと出てきたのは、全長が15センチほどの女の子の形をした半透明な何か。

キンキン声で抗議している。

「ねー、こりぇがしぇーりぇー？（ねー、これが精霊？）」

『これって何よ！　どこからどう見ても立派な精霊じゃない！』

なんかプリプリ怒ってる。

「え～と、本人が言ってるから、本物の精霊なんじゃない？　見たことないから知らないけど～？」

「あ～、俺も以前に1回だけ見たことあるけど、こんなハッキリした感じじゃなかったぞ？」

『当たり前でしょ！　私くらい高位の精霊になれば、ハッキリ姿を見せることだって可能なのよ！』

前に元ダ女神に付いていた精霊を見たが、それとも違うように感じる。

「ええと、高位の精霊様。私たちに何かご用があって、出てこられたのですか？」

『別に私は用はないけど、そこのチビを探してたのよ！』

「しょっちのがちびらろー（そっちのがチビだろー）」

『私は精霊よ！　小さくて当たり前でしょ！』

「けーたは、よーしぇーよ。ちーたくて、しょがなーでしょ（けーたは、妖精よ。小さくて、しょうがないでしょ）」

『？　あんたが妖精？　そんなわけないじゃない！　それと、あんたが成長しないのは、世界樹の実を食べないからでしょ！　何やってんのよ、人間の側なんかにいて！　すごい世界中探しちゃったじゃない！』

「にゃんでー、しゃがちてたの？　あと、しぇかいじゅのみーは、どこはえてりゅの？（なんで探してたの？　あと、世界樹の実はどこに生えてるの？）」

『探してたのは命令されたからよ！　世界樹はエルフの森と、魔の森の真ん中に生えてるわよ！』

「だりぇに、めーれーしゃれたの？（誰に、命令されたの？）」

「女神様よ！　女神様に命令されて、大精霊である私があんたを探してたんじゃない！」

「？　めぎゃみー、いにゃくなったよー？（？　女神、いなくなったよ？）」

『はあ？　女神様がいなくなるわけないじゃない！　何言ってんの？』

「めぎゃみーは、かみしゃまちっかくになってー、にんげーんににゃったよ？（女神は神様失格になって、人間になったよ？）」

『女神様が、神様失格!?　そんなの聞いてないけど！』

「えー、あなたが女神様に命令を受けたのはいつ頃ですか？」

いまいち要領を得ない話に、ユーグラムが参戦。

『いつって、いつ？　最近だけど？』

「人間の日時で分かりますか？」

『人間の日時なんて知るわけないじゃない！』

「私たち人間の日時で言うと、約９カ月前に神々の交代が行われました。その時に、女神様は失格になり、人間に落とされました」

『うそ、そんなの聞いてない！　９カ月前っていつなの？　本当に女神様はいなくなったの!?』

「ええ、人間に落とされた女神様ご本人も確認しております」

『えええー！　本当に人間になったの？　擬態《ぎたい》とかじゃなく？』

「ええ、新しく立たれた神の確認も取れています」

『えええーー！　それじゃあ、私が探してたこの子はなんなの？　どうすればいいの？』

「そもそも、なぜケータ様を探すように命令されたのですか？」

『え、なぜって…………………………なぜ？』

「女神様は、なぜ探すように命令したのか、あなたに言わなかったのですか？」

『えー？　……確かー力が強すぎるから、奪って魔王の餌《えさ》にする、とか言ってたような？』

「「「「…………………………………」」」」

『ちょっと、何よその目は！　命令されたらしょうがないでしょ！　逆らったら私の力を奪うって言うんだから！』

「魔王とは、あなた方精霊の敵ではないのですか？」

『別に敵でも味方でもないわよ！　近寄ると力を吸い取られるから近寄りたくはないけど！』

「それって〜、敵ってことじゃないの〜？」

『近寄らなければ無害よ！』

「しぇかいのばりゃんすが、くじゅれるのにー？（世界のバランスが、崩れるのに？）」

『それは！　女神様にも何かお考えがあったんじゃないの？』

「かんがーがにゃかったから、ちっかくににゃったんだよー（考えがなかったから、失格になったんだよ）」

『…………そう言われると、そうなのかもって思っちゃったじゃない！』

「精霊とは、神との交信はできるのですか？　できるのなら、確認すれば早いのでは？」

『…………私にはできないわよ！』

「できる者はいるのでしょう？　ならば、その者に確認すれば済むのでは？」

『嫌よ！　あんな奴に頭を下げたくないわ！』

「あ～、仲悪いんだ～？」

『そうよ、悪い!?』

「別に仲が悪い奴がいるのは構わないけど～、今はそんなこと言ってる場合じゃないんじゃないの～？」

『そ、それは、そうだけど！　でも嫌なものは嫌なの！』

「んーじゃー、むちしゅれば？（んーじゃー、無視すれば？）」

『むち？　ああ無視、って女神様を!?　そんなことできるわけないじゃない！』

「れもーれんらきゅ、でちないんでしょー？（でも連絡できないんでしょ？）」

『あんたを連れて行けば会えるんじゃないの？』

「いかにゃいけどー？（行かないけど？）」

『無理矢理連れて行かれたいの？』

「むりらら い？」

『私の力を舐めてんの!?』

「たびゅんらけどー、けーたのが、まーりょくちゅよいよね？（たぶんだけど、けーたの方が魔力強いよね？）」

『そんなわけ！　…………何よ、その魔力！　大精霊の私より多いって、おかしいでしょ！』

『お前が大精霊を名乗ってるのに比べれば、別におかしくねーよ！』

新たな精霊が出現した。

目の前にいるのは、15センチくらいの水色の半透明な何か。

横から現れたのは、20センチくらいの緑色の半透明な何か。

『ちょっと、なんであんたがここにいるのよ！　このチビは私が先に見つけたんだからね！　横取りしようったって許さないから！』

『神が交代したのも感じられない下級精霊並みの魔力しかないくせに、デカイ口叩いてんじゃねーよ！』

『本当に女神様がいなくなったの!?』

『大精霊なら全員気付いてるぜ？　お前には無理だったようだけど？』

『あ、あ、あんたのそういう嫌味ったらしいところが大っ嫌いなのよ！　本当に嫌い！　大嫌い！』

そう言って水色の半透明は、ドボンと水の中に消えていった。

残された緑色の半透明は、何やらブツブツ呟きながらフワッと風と共に消えた。

「にゃんだったのー？」

「本当に何だったんでしょうか？」

『女神様がいなくなったのなら、あんたに用はないわよ！』

「また出た！」

『何よ！　出ちゃ悪いってゆーの！』

「よーにゃいんでしょー？（用ないんでしょ？）」

『用はないけど！　あんたはなんでそんなに魔力が多いのか気になったんだから、しょうがないじゃない！』

「しょんなのちららいしー（そんなの知らないし）」

『何か特別なことをしたんでしょ!?　そうじゃなきゃ、大精霊の私より魔力が多いっておかしいでしょ！』

「だいしぇーれーらいって、さっきのやちゅがいってたよー？（大精霊じゃないって、さっきの奴が言ってたよ？）」

『わ、わ、私は、大精霊よ！　だって世界樹の実を二欠片も食べても平気だったもの！』

『ほほう、世界樹の実を二欠片も食べたのか？』

『そうよ！　二欠片丸々食べたけど、それでも平気なのは私だけでしょ！　だから私は大精霊よ！』

『神への捧げ物である世界樹の実を盗んだうえに、それを二欠片も食べるという禁忌を犯しておいて、大精霊と言い張るか？』

　水色の半透明が自慢気に世界樹の実を食べて大精霊になった話をしていたら、シレッと足元から新たな精霊が登場。

　今度は20センチくらいの黄色い半透明な何か。

『…………！！！！　あんたは！』

『自白は聞かせてもらった』

『ち、ち、ち、違うわ！　私は！』

『言い訳は大精霊の集会でするのだな』

『そんな、私は、ただ………』

　トプンと落ちるように消えた水色の半透明。

　何事が起こっているのか、まるで理解できない。

「「「「「…………………………」」」」」

　無言で全員が足元の黄色い半透明を見つめていると、

『悪かったな人間、精霊の揉め事に巻き込んで。奴の言っていたことは、新たな神によって取り消されている。奴は力を求め元女神の甘言に乗せられた愚か者よ。二度とお前たちの前に現れることはないだろう』

「もちょめぎゃみー、ちかりゃないのに、なんでーちんじたの？（元女神、力ないのに、なんで信じたの？）」

『何体かの力ある精霊が元女神に従っている様子を見て、自分もその仲間になれると勘違いをしたのだろう』

「にゃんでー、ちたがってんだろーねー？（なんで、従ってんだろうね？）」

『あれらは、元女神の下位に当たる者たちだ。力はなくとも長年の慣例で、従っているのだろう。考えることを放棄したものは時にひどく厄介なものだ』

はぁぁーーーと長いため息と共に、土の中に消えていった黄色い半透明。

言いたいことだけ言って、消えてった感じ。

微妙な消化不良を感じるが、精霊がいなくなったことで、ジワジワと魔物が近づいてくる気配を感じ、それどころではなくなった。

外伝　暗部な僕が見た王家の日常

「カルロ王子様〜、ネルロ王子様〜、どこにいらっしゃるんですか〜？」

「あら、また逃げられたの？」

「そうなの、見かけなかった？」

「向こうの通路では見かけなかったけど」

「もう、私たちでは追いかけるのも限界なんだけど、誰か見た目優しげな女性騎士様を知らない？」

「新人の女性騎士なら何人か知ってるけど、新人では王子様方の警護は任せられないからね〜？」

「その護衛騎士様も撒《ま》かれてるんだけどね？」

「そ〜ね〜。あの大きな体では、双子王子様のあとは付いていけないわよね〜？」

「そうなの！　私たちでもギリギリの通路とか、生け垣の間とかをスイスイ逃げられたら、下手にお庭を荒らすわけにはいかないじゃない？　もう付いていけないわ〜」

　そんな声が遠ざかるのを確認してから、

「いった？」

「いった！　どっちいく？」

「う〜〜んと、あっち！」

ネルロ殿下の指差す方に、また小走りで進み出す。


どうも、双子殿下付きの暗部です。

暗部の中でも新人が配置される双子殿下の担当。

かく言う僕も暗部として初めての任務がこの双子殿下の担当で、担当になってもうすぐ2年ほど経ちます。

元は親が男爵で子悪党で捨てゴマにされ家族もろとも捕えられ、暗部にスカウトされました。

親が一応とは言え貴族の端くれだったせいで、平民よりも罪は重く、当時5歳だった僕も家族としての責任を問われ、わけも分からぬまま牢に入れられた。

暗部に所属する者は、たいがい親が犯罪者だったり、スラムの孤児だったりする。

何を基準にスカウトされるのかは謎だけど、捕えられた者の中から有望そうな子供を教育して暗部に入隊させているのだとか。

一応暗部に任命される前に、騎士や平民になる選択肢も提示されるけど、ほとんどの者が暗部に入隊することを望むらしい。

まあ、それは僕もなんだけど。

双子殿下は、昼ご飯を一緒に食べた際、アールスハイン殿下の予定を聞き、仕事と訓練の予定だと聞いて、

「「じゃ、ケータしゃまとあしょぶ～！」」

と宣言して、そのままケータ様を拉致するように連れて行かれた。

そしてよく分からない通路を走り回り、メイドを撒いて護衛騎士を撒いて、生け垣の下を潜《くぐ》り、木を伝い塀を越えて、たぶん双子殿下ご本人たちもご自分が今どこにいるのかを分かっていないだろう。

両手をガッチリと繋がれているケータ様は、途中手を繋いでいることを忘れられて、木や障害物にぶつかりそうになるのをバリアで弾かれたり飛んで回避されている。

見ているこちらはヒヤヒヤするものの、双子殿下はキャッキャと楽しそうに笑うばかりで手を離そうとはされない。

ケータ様の顔が、ドンドン諦めなのか、微妙な表情になっていく。

あれは悪戯の後片付けを命じられたメイドと同じ表情だ。

仕方ないなぁと、微笑ましいけど呆れてる顔。


双子殿下は無邪気でとても可愛いんだけど、子供の体力というのはなかなか侮れない。

ネルロ王子の指差した方向に気の向くままに進んでしばらく経つと、木立を抜けた先に小さな庭を見付けた。

駆け回った以上に広大な場所が城の庭ではあるのだけど、その場所は低い塀に囲まれた、大した広さのない、ちょっと手入れを怠っている感じの場所。

下草が伸びて双子殿下の膝丈になっている場所。

こういった誰の目も気にしなくていい場所は、幼い少年にとっては心踊る場所らしく、双子殿下はキャーッと走り出した。

膝丈の草に足を取られ転ぶのも楽しいらしく、キャッキャしながら駆け回り転げ回っている。

ケータ様の従魔であるソラ殿とハク殿も交ざって、2人と2匹は跳ね回っている。

実に楽しそう。

だが、そろそろ体力も一旦尽きる頃だろうか？

常に双子殿下を観察している経験からしても、頻《しき》りに目を擦って、走ってたのが歩きになり、転んだついでにしばらく動かなくなり、コロコロ転がった先にお互いとぶつかって、そのまま動かなくなった。

組み合った一つの石のように、互い違いに重なるようにして眠ってしまった。

泥だらけで草まみれで、ちょっと切り傷などもできてるが、とても満足そうに笑いながら寝てらっしゃる。

ソラ殿とハク殿も微笑ましく思われているのか、尻尾や触手でくすぐったりツンツンしてちょっかいを出している。

くすぐったかったのか、寝ながらもクスクスと笑う姿はとても可愛らしい。

ただ、穏やかな晴天とはいえ、冬は冬。

このまま寝かせておいては風邪を引いてしまう心配があるので、どうやって姿を現さずに運ぼう？　侍従を呼んでくるべきかと、後輩に指示を出そうとしたら、僕と同じ考えをされたのか、ケータ様がハク殿に頼んで双子殿下をソラ殿の背中に乗せてもらい、落ちないように触手で押さえ、ゆっくりとお城に向かって進みだした。

ただ、いくらも行かないうちにキョロキョロと辺りを見回し始めた。

どうされたのかと見ていると、どうやら帰り道を見失っている様子。

あまり姿を人に見せてはならないが、ここは出ていかないと仕方ない場面か、と悩んでいたら、おもむろにケータ様が上空に向かって片手を上げ、その小さな指先から魔法で花火を打ち上げた。

間隔をおいて何発か打ち上げられた花火。不思議と音のしないそれは、場所を知らせる合図のよう。

そして、それを目指してきたかのように現れる、アールスハイン殿下の侍従のシェルと騎士2人。

「ああ、やはりケータ様でしたね」

「ふたごおーじ、ねちゃった」

「ソラちゃんとハクちゃんだけでは運べなかったんですね」

「おこちたら、かわいしょーれしょ」

「よく寝てらっしゃいますからね」

騎士が1人ずつ双子殿下を抱っこして運ぶ。

ケータ様もシェルに抱っこされて、なぜか不満気な顔をされてる。

取りあえず無事に城へ向かい、メイドに泥だらけ草まみれの服を着替えさせられても、熟睡している双子殿下は起きることはなかった。

起きた途端、自分たちのいる場所に混乱されて大騒ぎしていたけど。

翌日も双子殿下はケータ様を拉致するように少々強引に連れ出し、昨日の小さな庭に来た。

直接ではなく、報告書として双子殿下の行動は報告済みなので、メイドたちにも伝えられ、無駄に探し回られることもない。

何もないこの庭の何が気に入ったのかは謎だが、大変楽しげに駆け回っておられる。

草や泥で服が大変なことになってるが、ご本人たちは全く気にしていない。

ソラ殿とハク殿は最初は一緒になって駆け回っていたけど、しばらくすると飽きてしまったようで、今はケータ様のソファになってる。

3人の中で一番幼い容姿のケータ様は、秘密にされているけど実は聖獣様だからなのか、異なる世界から来られたからかは分からないが、その幼い容姿からは考えられないほどしっかりとされている。

言葉は拙《つたな》いが、考え方や行動は子供を愛《め》でる大人側のそれ。

そんな秘密（?）の庭園での駆けっこも3日目ともなると、双子殿下も飽きてきたのか、本日は何やら荷物を持って庭まで来た。

もちろん、ずっと監視しているので中身は知っているが、ケータ様はとても不思議そう。

双子殿下が茂みや生け垣、木を登る時などにとても苦労しながらも持ってきた荷物は、棒と玉。

カルロ殿下は玉を投げ、蹴り、それを追いかけて走り回る。

ネルロ殿下は棒を振り回し、棒に振り回されながらキャッキャと笑ってる。

しばらくすると玉と棒を交換して遊び始め、散々走り回り暴れたあとはバタンと倒れてクークーと眠ってしまった。

本当に、不良品の魔道具並みに急な暴走と機能停止具合。

それを見ていたケータ様が、やっぱり微笑ましそうな、呆れたような顔で双子殿下を見て、ハク殿に頼んで運ぶ準備を始めたところで今日はシェルが早目に迎えに来て、双子殿下を運んで行った。

ケータ様はなぜかここにもう少し残ると言われて、別れた。


翌日もまた当然のように双子殿下は、ケータ様を連れていつもの庭に。

庭に到着した双子殿下は唖然として固まった。それは僕も。

庭には、昨日まではなかった見たこともない建物がいくつも建っていた。昨日の夕方から今日の午前中だけで建てたにしては複雑な構造。

もともと計画されていたものなのか、これでは双子殿下が駆け回れないではないか、と報告書を見たはずの偉い誰かに文句を言いたくなった。

が、そんな僕の考えなど関係なく、普段は見守る態勢を崩さないケータ様が、双子殿下の手を放し、見たこともない建物に駆け寄って、階段を登り、反対側の斜面を滑り降りてきた。

そして次の建物に駆けて行き、骨組みのような複雑な形の柵を登り天辺から双子殿下に手を振られ、降りて次に。

真ん中に支えがあるだけの不安定な板の端に座り、ハク殿がケータ様とは反対側の板の端に座る。

ケータ様が座ったまま軽く地面を蹴ると、ふわっとケータ様側が浮く。

そんなことを数度繰り返し、満足されたのか、最後の建物に。

木の枝に吊るされた紐と板。

板の部分に座ったケータ様は、地面を足で蹴って勢いを付け、前後にゆら〜ゆら〜と揺れ始めた。

そんなケータ様の様子を見て、どんどんと目を輝かせていく双子殿下。

誰が作ったのかは知らないが、この場にあるのは子供用の遊具であるらしい。

「「わぁ、わぁ！　わぁ!!　わぁーーーーーー！！！」」

興奮のあまり言葉もなく、その場で足踏みし出す双子殿下。

そして弾けるように、

「「ウキャーーーーーッ!!」」

と叫びながら駆け出し、ケータ様が辿《たど》った順番で遊具で遊び始めた。

もはや言葉になっていない叫びを上げっぱなし。

途中興奮しすぎたのか、双子殿下が鼻血を出すというトラブルもあったが、ケータ様に鼻血を拭かれ、興奮し過ぎだと注意されても懲りずに走り回り、終いには不安定な板の上で双子殿下は倒れるように眠ってしまった。

板の上にうつ伏せでクークーと眠る姿は、とても満足そうだが体勢は苦しそう。

ケータ様がハク殿の手（？）を借りて遊具から下ろそうとされてるけど、不安定な板がゆらゆらと揺れるせいで大変そう。

手を貸そうか迷っているうちにシェルが現れ、庭の様子を見て苦笑してから、双子殿下を運んで行った。


翌日はケータ様もアールスハイン殿下の魔法の訓練に付き合うらしく、双子殿下お2人だけで庭に向かい遊び倒して、また倒れるように寝てしまう。

さらに翌日は、双子殿下の乳兄弟を呼び寄せて庭に行き、乳兄弟の2人も大興奮して遊び、倒れるように寝てしまった。

シェルが何か言っておいたのか、ほどよい時間に双子殿下付きの護衛騎士が来て、子供たちを回収していった。

その夜の晩餐後の時間、双子殿下は陛下に遊具の礼を言ったのだが、陛下は全く知らなかった様子。

どのような遊具なのか、どうやって遊んだのかを双子殿下に尋ねられ、大興奮で遊具の素晴らしさを語る双子殿下。

それを聞いた陛下方は、微笑んだまま全員がケータ様を見る。

「ケータ殿が作ってくれたのか？」

「うん。あぶにゃくにゃいよーにちゅくった（うん。危なくないように作った）」

「一度見てみたいな」

「わたくしも興味があります」

「俺も！」

「わたくしも！」

次々と声が上がり、全員で遊具を見に行く予定ができてしまった。

翌日。午前中に仕事を終えた陛下方が、双子殿下の案内ではなく、シェルの案内で庭に向かう。

そのルートは普段双子殿下が冒険と称して壁の隙間や生け垣の下、茂みを突っ切るのとは別の、ちょっと隠れるように配置された薔薇のアーチを潜る、目立たないが普通の道。

呆気なく到着したことに、双子殿下が不満気な顔をされたが、庭に着いてしまえばそんなことは関係ないとばかりに、遊具の遊び方を実践で説明している。

そのうち遊ぶことに夢中になって、説明など忘れてしまったが、楽しそうにはしゃぐ姿は、陛下方のお心を癒やした様子。

仕方なさそうにケータ様が遊具の説明をされてた。

アンネローゼ姫様がウズウズと我慢できなくなったのか、遊びに交ざり、ケータ様曰《いわ》くシーソーという不安定な板の遊具に乗ったら、反対側に乗った双子殿下お２人と重さが釣り合わず、アンネローゼ姫様側が一向に浮かない事態に。

この遊具は体重に左右されるとケータ様から説明されていたので、アンネローゼ姫様を見るリィトリア王妃様とクレモアナ姫様の目が、恐ろしいことに！

その視線に気付かないふりをされて、アンネローゼ姫様は他の遊具に向かう。

ケータ様が滑り台と呼ぶ遊具は、アンネローゼ姫様でも支障なく遊べて、何度も何度も繰り返し遊んでおられた。

ただし着地に慣れておられないアンネローゼ姫様は、ドレスの尻の部分が泥で汚れてしまっていたが。

そんなことは気にならないとばかりに何度も滑り、飽きたら次の遊具に。

ジャングルジムとケータ様が呼んだ遊具は、一度登っただけで満足されたのか、次のブランコなる遊具へ。

最初はゆらゆらと揺られることにとても楽しそうにしてたのに、双子殿下が後ろからアンネローゼ姫様の背を押すと揺れがドンドンと大きくなり、終いにはアンネローゼ姫様が半泣きで叫ぶ事態に。

イングリード殿下が無理矢理止めなければ、危うく落ちるところだった。

そんなイングリード殿下も遊びに交ざり、他の陛下方も興味津々に遊具に寄っていく。

リィトリア王妃様とクレモアナ姫様の乗ったシーソーの反対側には、イングリード殿下。

そのお三方で釣り合うシーソーは、最初はユラユラと穏やかに、段々と揺れが激しくなってくると、クレモアナ姫様の悲鳴が上がるほど激しくなったところで終了。

陛下はジャングルジムの天辺に登り、アールスハイン殿下はブランコに乗っている。

ジャングルジムに登った陛下は特に問題はなかったが、双子殿下に合わせた作りのブランコでは、アールスハイン殿下の足が余ってしまって、引きずってしまう。

そこでアールスハイン殿下は、板の上に立ち上がり、バランスを取りながら揺れ始めた。

思いのほか楽しかったのか、木の枝が激しく揺れるほど大きくブランコを揺らし、それを見た双子殿下が真似をしようとしてバランスを崩し、ブランコから落ちてしまった。

珍しくアールスハイン殿下が、リィトリア王妃様に怒られていた。


陛下方大人の方々も楽しく遊んで、興奮しすぎたのか双子殿下が寝てしまうこともなく、夕方。

晩餐の前に一旦着替えをしなければならないほどの、皆様の汚れ具合。

男性陣は普段あまり使うことのない大浴場を開け、全員で入浴。

汚れと汗を流されて、晩餐の席に。

お昼寝をしなかった双子殿下は、食べながらもコックリコックリと眠気に負けて顔から料理に突っ込んでしまいそうになりながらも、なんとか完食。

その後のお茶を飲みながらの歓談の時間には、完全に寝入ってしまわれた。

そして、それはケータ様も同様。

あまり遊具での遊びには参加されなかったのに、疲れてしまったのだろうか？

「それにしても、ケータ殿の以前住んでおられた異なる世界とは、どれほど発展した世界だったのか。その片鱗《へんりん》を見せられただけで驚くな」

陛下の感心と少々の呆れの混じった声に、

「そうですわね。子供向けのあのような遊具があるとは。はしたなくもはしゃいでしまいましたわ」

リィトリア王妃様が恥ずかしそうに答え、

「そうね。ちょっと童心に帰って、思いがけず楽しんでしまったわ」

クレモアナ姫様が苦笑されている。

「いや、あれは仕方ないだろう？　こう、子供用だから安全面も考えて、小さく作ってくれたのだろうが、大人用にもっと大きく作ったら、大人でさえ1日中遊んでしまいそうな楽しさだった！」

「ええ！　とても楽しかった～！」

イングリード殿下とアンネローゼ姫様が笑いながら感想を言い、

「そうですね、少しはしゃぎすぎました。カルロもネルロも楽しそうだったし」

アールスハイン殿下が、双子殿下を撫でながらしみじみと言う。

「確かに。カルロ、ネルロだけでなく、アンネローゼやアールスハイン、私たち大人までもが年甲斐もなくはしゃいでしまうほど楽しかったが、だからこそより注意しなくてはな」

「そうですわね。ケータ様は好意であれらの遊具を用意してくださったのでしょうけど、この世界とケータ様の生きてこられた世界は全く異なるでしょうから、ケータ様が常識と思っておられることが、こちらでは脅威になりかねませんもの」

「ああ、ケータ殿本人が強いうえに、考え方などは大人なため、攫《さら》われたり騙される心配は少なくて済むが、ケータ殿自身が危険とは思っていないことが、思いがけず脅威となる場合もあるか」

「やってみたらできてしまった、といった思い付きもあるようですから、注意はしています。ただ、なんと言うか、テイルスミヤ長官やジャンディス副長官などは、ケータに何ができるのかを知るために、いろいろと試したり、いつの間にかこちらの世界にしかないと思われる道具を渡していたりするので、目を離した隙にとんでもないことが起こってたりもします。その辺は予想も付かないことも多いので、報告はこまめに上げたいと思っております」

「ああ。あの者たちは、危険性よりも興味や探求心から暴走してしまうこともあるからな。それで大きな成果も出しているから、無暗に止めるわけにはいかんし。そうだな、こまめな報告を頼む」

「はい」

ケータ様はその可愛らしい見た目にもかかわらず、異なる世界の大人としての知識があり、聖獣としての膨大な魔力があり、この世界への興味から、我々この世界の人間の常識を軽く超えて、見たことも聞いたこともない物を作り出してしまったり、考えたこともない魔法の使い方を編み出してしまうことがあるらしい。

危険人物とは言えないが、要観察対象にされてしまった。

ここ数日、双子殿下と共に観察していた限りは、ケータ様はのほほんとした穏やかな人物のように感じられたのだが、実はなかなかに厄介《やっかい》なご仁らしい。

よかった。僕、双子殿下の担当で！

報告書を提出した上司にそう言ったら、

「お前、双子殿下の担当になってそろそろ2年だろう？　担当変えがあってもいい頃じゃないか？」

とニヤリとされた。

……………………どうか、ケータ様の担当にはなりませんように！　思わず滅多に行かない教会で、神に祈りを捧げてしまった。

あんな可愛らしいけど驚きの連続のような生き物の担当なんて、小心者の僕には務まらないよ！

後日、担当変えで任命されたのは、アンネローゼ姫様付き。

アンネローゼ姫様は、減量のために巡回騎士の遠征に参加されるそうだ。

とほほ。

あとがき

こんにちは、ぬーです。

「ちったい俺の巻き込まれ異世界生活４」をお買い上げいただき、ありがとうございます。

４巻ですって！　人生初書きの小説が４巻分も続いている事実が、いまだ信じられません。

１巻発売時は近所の本屋さんを４軒はしごしても見つけられなくて、２巻が発売されて初めて本屋さんに並んでいるのを発見し、ニヤニヤしながら写真を撮っていたら店員さんに怪しまれた思い出。


普段恋愛もの、というかざまぁ展開の小説を読むのが好きですが、たまに戦記や戦国歴史小説、アクションものも読みます。そういった小説は、主人公の挫折とその後の成長や仲間との絆ができるまで、困難な状況をいかにして乗り越えるかなどが丁寧に書かれていて、感情移入しやすく、読みながら一緒に泣いたり笑ったりして楽しんでいます。

それに比べて「ちったいさん」は最初からチートなので、感情移入しづらいキャラだと思います。成長の遅さにジレジレはしますが、結局力業で解決しては、その後丸投げといういい加減さ。

前世では弟妹たちがいたので、もう少し責任感とかもあったはずなのに。

異世界では小さいせいで儘《まま》ならないことも多くあり、それに甘んじてお世話されていたら、好奇心ややる気に火がついちゃったり、前世の中二病だった弟の幻聴を聞いたりして、思わぬ事態を招いてしまったり。それも結局、後始末は丸投げ。

今のところは良い方向に進んでいますが、いつか取り返しのつかないことになりそうな？　いやいや中身はおっさんなので、その辺の分別はあるはずと、日々希望的観測を胸に続きを書いていています。

そんな「ちったいさん」のやらかしを少しでも楽しんでいただけると嬉しいです。


今回もイラストを担当してくださったこよいみつき様。可愛いケータのお陰で、やらかしが見逃されています。ありがとうございます！

出版に関わってくださった多くの方々にも感謝しています！　ありがとうございます。読者の皆様にも心から感謝を！

まだ懲りずに続く予定です。よろしくお願いいたします。

２０２３年５月　ぬー

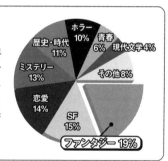

精霊王オルフェンに創造されたこの世界で、唯一精霊の加護を授からなかったディアン。落ちこぼれと呼ばれる彼とは対照的に、妹は精霊に嫁ぐ名誉を賜った乙女。だが、我が儘ばかりで周囲に甘やかされる妹に不安を募らせていたある日、ディアンは自分の成績が父によって改ざんされていた事を知る。「全てはディアンのためだった」とは納得できずに家を飛び出し、魔物に襲われた彼を助けたのは……不審点しかない男と一匹の狼だった。

これは、他者の欲望に振り回され続けた青年と、彼と旅を続けることになったおっさんが結ばれるまでの物語である。

定価1,320円（本体1,200円＋税10％）　ISBN 978-4-8156-2154-4

ツギクルブックス　https://books.tugikuru.jp/

物語完結後から始まる
悪役令嬢の大逆転劇
著 sasasa
イラスト くにみつ
物語の結末は私が決める!
聖女の鉄槌をお見舞いいたします
コミカライズ企画進行中!

出ていけ、と言われたので
出ていきます
1〜4
著
枝豆ずんだ
イラスト
アオイ冬子
緑川明

異世界に
転移したら山の中だった。
反動で強さよりも快適さを選びました。
1～11
著▲じゃがバター
イラスト▲岩崎美奈子
「」カクヨム
書籍化作品
「カクヨム」総合ランキング
累計1位
獲得の人気作
（2022/4/1時点）
2023年10月、
最新12巻発売予定！
「コミック アース・スター」で
コミカライズ
好評連載中！
勇者には極力
近づきません！

ツギクルブックス

愛読者アンケートに回答してカバーイラストをダウンロード！

愛読者アンケートや本書に関するご意見、ぬー先生、こよいみつき先生へのファンレターは、下記のURLまたは右のQRコードよりアクセスしてください。

アンケートにご回答いただくとカバーイラストの画像データがダウンロードできますので、壁紙などでご使用ください。

https://books.tugikuru.jp/q/202306/chittaiore4.html

本書は、「小説家になろう」（https://syosetu.com/）に掲載された作品を加筆・改稿のうえ書籍化したものです。

ちったい俺《おれ》の巻《ま》き込《こ》まれ異世界生活《いせかいせいかつ》4

2023年6月25日　初版第1刷発行

著者　ぬー

発行人　宇草 亮
発行所　ツギクル株式会社
〒106-0032　東京都港区六本木2-4-5
TEL 03-5549-1184
発売元　SBクリエイティブ株式会社
〒106-0032　東京都港区六本木2-4-5
TEL 03-5549-1201

イラスト　こよいみつき
装丁　株式会社エストール

印刷・製本　中央精版印刷株式会社

ISBN978-4-8156-2155-1
Printed in Japan